雪倫

OL心聲代言人

所謂的你愛我

YOU LOVE ME

偶爾感到寂寞，
你總不著痕跡地讓我明白，
原來我並不孤單。

第一章

所謂的寂寞，是連自己都無法擁抱自己。

我常常感到恐懼。

面對陌生人，我總是緊張；面對黑暗，我總是害怕；面對過去，我總是喘不過氣；而面對未來，我總是不知道它在哪裡。

哥哥常告訴我：誰沒有過去？這我當然知道，但我疑惑的是，為什麼上天給我的，是如此沉重、如此痛苦的？為什麼我的過去和別人不一樣？

是我做錯了什麼嗎？

為什麼這樣的過去是發生在我身上？這是我每天都在問上天的問題。當然，老天爺從未給過我答案，說什麼神愛世人、救苦救難，祂們都非常小氣。

不過，爸媽說我最近好多了，至少我願意多講幾句話。哥哥也說我好多了，至少我肯久久露出一點笑容。聽他們這麼說，我好像也覺得自己好多了，不知道是他們說服了自己，還是我說服了他們。

他們都很慶幸，十幾年前我離開新竹之後來到了這裡。

這裡是我的家，比有爸媽在的家，更要像家。

在這個家裡，沒有人知道我其實有個可怕的祕密。所以我可以假裝什麼事都沒有發生，不會有人挖掘我的過去，但在那個真正的家裡，我多希望發生的那些過去都只是我一個人的祕密。

對我來說，有些事，自己痛苦就好。

「朱——立——湘，右手離開妳的滑鼠，屁股離開妳的椅子，出來吃飯！」樂晴的聲音總是如此宏亮，雖然她男友大勇總說他耳朵快炸掉，但我好喜歡。我一直很想建議她，如果不開早餐店，可以去當助選員。光聽她的聲音，就值得大家投下一票。

樂晴是我的房東。我在這裡住了十幾年，她像我的第二個媽媽，幫我張羅所有生活上的事，一餐也沒有讓我餓到。而另外兩個室友明怡和依依，是在我遇到惡質無良房東時撿我回家的恩人。

她們像姊姊般疼愛我、照顧我，給了我很多的溫暖和關心。我很感謝她們，這十幾年來，她們慢慢成為了我的支柱。但這些事我從來沒有告訴過她們。

我不是不會講話，而是忘了怎麼表達。

但沒關係，我的聲音、我的感覺一點都不重要，在這個世界上，我只想無聲地、隱形地活著，這樣就好了。

手才離開滑鼠，門就瞬間被打開了。

「朱立湘，不管妳案子有多趕，現在馬上出來吃飯，right now！」樂晴穿著圍裙，擔心我又要趕設計稿不吃不喝。

「好。」我點了下頭，再抬起頭時，樂晴已經像風吹過一樣不見了。

我並沒有在趕案子，我只是在和自己說話而已。每一天，我都會花上很多時間和自己對話，不是我有多想了解自己，而是我只敢跟自己對話。

走出房間，明怡和依依也坐在餐桌前了。依依對我招招手，要我坐到她旁邊去，她是我見過最美麗大方的祕書。明怡給了我一個微笑，她是我見過氣質最好的飯店領班。樂晴添好了飯放在我的面前，她是我見過最有活力最可愛的早餐店老闆。

這些稱讚，常常到了嘴邊又被我吞了回去。

我開不了口，只能放在心裡，用行動表示。我努力地吃飯配著菜，聽她們三個人聊今天發生的事。

明怡遇到爛客人，把飯店房間的電視弄壞就算了，還硬要說電視害他受傷，向飯店索取精神賠償。明怡生氣，我也跟著她生氣。依依說情人節尚昱哥要帶她去關島玩，還要帶上依依的爸爸媽媽，全家一起出去旅行。看依依開心，我也覺得開心。樂晴說大勇太專心打電動，吃湯麵想要加醋，不小心加到醬油，鹹到他差點哭出來。樂晴覺得他好蠢，我也覺得他很蠢。

十幾年來，我陪著她們感受生活，只是我一直沒有表達出來。

「對了，立湘，妳那個工作桌該換了，都用七、八年了，上次拿衣服到妳房間，桌角的小木刺都翻出來了。我訂了一個，應該後天會送來，再叫大勇幫妳組裝一下。」依依突然抬起頭對我說。

我點了點頭，真不知道那張桌子竟然已經用了這麼多年。

「案子趕得如何？」明怡挾了塊沙茶牛肉到我碗裡，繼續問，「趕完了？」

我搖搖頭。

她又多挾兩塊到我碗裡，「那多吃一點。」

我微笑，咀嚼著溫暖的滋味。

電話鈴響，樂晴起身到客廳接起電話。從她回應的方式和語調，我知道接下來會喊出我的名字。

「立湘！電話。」樂晴喊著，而我知道打電話來的是我媽。

我放下筷子，走到電話旁接過話筒。樂晴順手摸摸我的頭，她總以為我還是小孩。

「媽。」這是我今天說的第一句話。

「小湘，記得明天中午要一起吃飯吧？妳爸生日。」媽媽小心翼翼說著，深怕我又老套地用「要趕案子」來拒絕他們。

「嗯。」我說，即使我最討厭的事就是踏出這個門，到外面那個我不熟悉的世界，但爸爸生日，無法當個正常女兒的我，唯一能做的，也只有在他們生日的時候努力正常。

我聽到媽媽在電話那頭鬆了好大一口氣，「那明天晚上要不要留在家裡睡？」媽媽試探性地進階詢問。

「我還有案子要趕。」終究，我還是說了這一句。

「沒關係，能吃頓飯我就很開心了。」媽媽失望的語氣從電話裡傳過來。

我很抱歉，我在心裡說著。對話最後還是以沉默結束。

掛掉電話，我走回餐桌繼續吃飯，或許應該說是發洩地吃著飯，對如此懦弱的自己生氣，惱怒自己的沒用，不過就是回去自己的家，那麼多年了，我卻還是害怕。

「欸，妳快噎死了，朱立湘！」我一抬起頭，就看到樂晴用眼神警告我放慢速度。

我回過神，放緩速度，聽著她們三人的閒話家常，心情逐漸平靜。我刻意和這個世界拉遠距離，是為了完美隱藏自己的弱點。慶幸的是，她們從未因為自己在我的人生中佔有極大重量，而要求我曝露我自己。

這年頭，用「愛」這個字來勒索情感，似乎成了理所當然的事。

吃完飯，回到房間坐到電腦前，準備開始熬夜工作。我是設計師，自然生活作息也得像個設計師。但並不是因為晚上我比較有靈感，而是我討厭晚上，我害怕黑暗，我無法在漆黑的房間裡入睡。

我的房間總是比別人多開好幾盞燈，環保這件事，我很抱歉，只能留給身體健康的人努力，我有怕黑的病。

我害怕突然停電或燈泡壞掉，我會頓時崩潰，不是開玩笑的。曾經，這棟老舊的公寓在凌晨三點大跳電，房間頓時黑成一片。我在房間裡痛哭大叫，依依馬上衝到我房間抱著我，明怡拿了好幾支手電筒進來，樂晴則立刻打電話詢問電力公司。

雖然只是短暫停電五分鐘，我卻病了一個星期，樂晴後來還帶我去收驚。她們出國時都會為我求平安，現在我的床頭掛了一大串護身符，哪一國的神都有。可能也因為這樣，這棟大樓就沒有再跳電過了。

電腦傳出「叮咚」一聲，我打開收件匣的同時，依依也打開了我房間的門，「立湘，妳日光燈有一支燒壞了，我叫康尚昱幫妳換喔！」

我抬起頭，看著上面五支日光燈真的有一支不亮了，而我居然沒有發現。我微笑地看著依依點了點頭，依依走進來，後面跟著尚昱哥，他拿著一支新的日光燈和工作梯，「環保燈管！」他炫耀地對我說。

我笑了笑，尚昱哥走到我旁邊摸摸我的頭，「我們立湘笑起來怎麼這麼可愛？」

頓時，我的心好像打翻了一瓶可樂，氣泡無限竄流。但並不是因為尚昱哥，而是曾經也有個人總愛對我做這樣的動作，說這樣的話。熟悉的心動加上回憶突然湧起的恐慌，我低下頭，手有點顫抖地點開剛進來的電子郵件，試圖轉移注意力。

又是一樣的內容。

「親愛的力想，您好，自由設計公司歡迎您加入我們的團隊。」

力想是我在業界使用的名字，用力去想未來，用力地不再想過去，再加上剛好是我名字的諧音，就這麼用了好幾年。最重要的是，我想把本名藏起來，也把我自己藏起來。

像我這種人，很難相處。

我把信移入垃圾信件匣，接著打開客戶的郵件，「朱小姐，我們看過草圖，基本上非常滿意，但人物的設計可以再可愛一點嗎？畢竟是舒壓商品，可愛一點比較討喜。」

但我覺得，現在要越醜才越討喜，不完美的東西才真的貼近事實。

我耳尖地聽到樓上突然發出地板撞擊的聲音，抬起頭往天花板一看，聲音卻消失了。是我的幻覺嗎？

依依看著一臉疑惑的我說：「不好意思喔！這個水電工有點不合格，沒看過換個燈泡這麼久的。」

我給依依一個微笑，尚昱哥馬上為自己辯解，「我是在順便檢查其他燈管有沒有問題好嗎？我這叫細心，懂嗎？」

「懶得懂，你快一點，立湘要工作了。」依依故意搖了兩下工作梯，尚昱哥在上面發出娘們般的叫聲。

我笑著低下頭，回覆客戶的信件。我堅持自己的設計，雖然我知道最後我會妥協，但在妥協之前，讓我掙扎個一兩次也好。

按下傳送鍵，我又聽到樓上傳來聲音。我猛然抬起頭，依依發覺我的不對勁，問我，「怎麼啦？」

「有沒有聽到奇怪的聲音？」我指指天花板。

依依很努力地聽了一下，然後搖頭。突然「嘰」地一聲出現金屬磨擦聲，我和依依都嚇了一跳，往聲音發出的方向看，原來是尚昱哥故意轉動日光管。他看到我們的反應，在工作梯上笑得很開心。

下一秒，我馬上同情起他。

依依用力搖著工作梯，重心不穩的尚昱哥就這樣跌在地上，標準的不作死就不會死，有時候，把自己逼到絕路的就是自己。

依依生氣地轉身離開，尚昱哥狼狽地收拾殘局追出去。我聽見依依在外頭吼尚昱哥，「隨手關門，你給我吵到立湘試試看！」

兩秒後，尚昱哥喘吁吁地對我說：「立湘，工作加油！」

看見我點頭，他快速地關上門。抬起頭，我從電腦螢幕裡，看到反射出來我的影像，臉上正微笑著。媽媽說得對，我的笑容真的變多了，住在這裡，總有一天會痊癒的吧！我想。

打開另一個工作檔案夾，決定今天要完成某公司委託的 logo 改造案。

夜晚工作是很迷人的一件事，會以為這座城市只為了我呼吸，這世界上只有我正醒著，也只有我正在努力。夜好靜好靜，只有我一個人沉浸在這個美麗的誤會裡。

砰！

樓上又傳來一道地板撞擊的聲音，我馬上抬起頭看向天花板，心裡起了好大一陣雞皮疙瘩，頭皮有點發麻。

是見鬼了？還是我又開始幻聽？

說起來，樂晴算是我們這棟老大樓的地下管理員，除了從小到大在這裡長大之外，她還在巷口開了早餐店，這附近哪戶哪家發生什麼事她一定會很快知道，並鉅細靡遺地和我們分享。

比如二樓吳太太每天抱怨老公對她沒興趣，七樓的黃媽媽每天煩惱兒子四十歲了不結婚，三樓陳伯伯唸幼稚園的孫子大寶又偷掀班上女同學裙子，被老師罰站。

但最近完全沒聽說樓上有什麼新消息，完全沒有。

我對樓上最後的印象是，我和樂晴、依依去幫劉姥姥整理遺物。她被兒女拋棄又久病厭世自殺，那時，在屋子裡，我看到了一個老人牆上貼滿對兒女孫子們的思念，一個老人，桌上堆滿了各種過期藥物，那是她對生命的渴望和無力感。

我可以理解劉姥姥為什麼要自殺，我也曾經對這個世界失望過。

因為劉姥姥自殺，一年多過去了，樓上房子租不掉也賣不出去，就這樣空著。劉姥姥兒子在告別式當天，抱怨母親自殺害房子很難處理，依依看不過去，和他吵了起來。從那天之後，樓上就再也沒有人進去過了。

那為什麼會有聲音？

是劉姥姥回來了嗎？

想到這裡，我忍不住吞了口口水，卻被自己的口水嗆到。我沒和劉姥姥說過半句話，偶爾陪樂晴上樓送點吃的，看樂晴逗劉姥姥開心，我總在一旁羨慕著。我不是能隨時帶給別人快樂的人，未來也不會是。

自己都走不出黑暗了，怎麼帶給別人光明？

我就這樣看著天花板整整十分鐘，這十分鐘內，安靜得只聽到我自己的呼吸聲。我低下頭，取笑自己的多心，埋怨自己的敏感，然後手再回到滑鼠上，繼續我的工作。

一直工作到天亮，我將檔案儲存好，發了 email 給客戶後，關掉所有的燈，拿著我的馬克杯離開書桌。打開房門時，樂晴剛好要去早餐店。

「早餐放在桌上了，吃完再去睡。」樂晴邊叮嚀著我邊穿鞋子。

我點點頭，在她轉身要離開時，我喊住了她，「那個……樓上最近有人搬進來住嗎？」

樂晴一臉疑惑，「沒聽說，怎麼啦？」

我搖了搖頭，「沒什麼。」

「妳快去吃早餐，今天店裡有很多預訂的訂單，我得過去幫忙，先走了！」樂晴說完就馬上走出門。

我坐到餐桌前，看著滿桌的三明治、漢堡、蛋餅、濃湯、果汁、牛奶、豆漿。只要樂晴心情好，早餐就是飯店 buffet 的程度。

「林樂晴真的很誇張，是把我們當豬養嗎？」依依的聲音突然在我身後響起，我嚇了好大一跳，差一點尖叫。

依依坐到餐桌前，拿著她的報紙看著，然後喝牛奶。明怡也起床了，穿著飯店制服走到我旁邊，微笑地摸摸我的臉，接著坐到位置上，一邊滑手機一邊喝濃湯。

門鈴響了，依依起身開門，尚昱哥和大勇一起走了進來。

尚昱哥走到我旁邊摸了摸我的頭，對我說聲早安，就坐到依依旁邊去。大勇也對我說了聲「嗨」，拉了把椅子坐下，拿起三明治，一大塊就這樣塞進嘴裡，結果被依依打了一下，「你坐到立湘的位置了，閃一邊去！」

大勇這才恍然大悟，坐到一旁去，拍拍椅子，對我招了一下手。我微微一笑，坐到我的位置上開始吃早餐，聽著依依和尚昱哥吵架，混著大勇打電動的聲音，這就是我的生活日常。和重要的人一起吃早餐，已經是我人生裡最值得滿足的事了。

大家吃完早餐各自上班，我洗好碗，整理一下餐桌後，已經將近九點了。我回到房間，強迫自己得睡一下，中午還要回新竹和爸爸一起過生日。將鬧鐘鈴聲設定在十一點之後，我閉上眼，一如既往地催眠自己入睡。

「砰！砰！鏗！砰！」在我快睡著時，傳來了劇烈的聲響，我被突如其來的聲音嚇到坐起身，但起身後，聲音又消失了。我瞪著天花板，瞪到眼睛好痠，要緩緩入睡時，又是「砰」的好大一聲。我馬上睜開眼，直盯著天花板，聲音又消失得無影無蹤。

我乾脆賭氣不睡了，我現在只想知道這到底是不是我的幻聽和幻覺。我害怕自己的病又復發，曾經花了四年時間治療創傷後壓力症候群，一直到住在這裡，症狀才慢慢減輕。

樂晴、依依和明怡都不知道我有病，所以我才能假裝自己沒病地生活著，和平常人一樣過著平凡的日子，假裝什麼事都沒發生過。

沒了睡意，我拿起床頭的雜誌翻著，注意力卻放在頭頂的天花板上。設定十一點響起的鬧鐘突然響了，我嚇了一跳，手忙腳亂地關掉，下一秒，響起的是哥哥的來電。

我深呼吸一口氣，接了起來。

「我差不多幾點去接妳？」哥哥的聲音在耳旁溫柔地響起。

「半小時後。」我說。

「好，妳慢慢來，我會等妳。」

我知道，哥哥一直在等我，等我變回他那個可愛又會撒嬌的妹妹。但我想這輩子很難，大概要讓他失望了。

掛掉電話後，我洗了個澡，換了衣服。下樓時，忍不住抬頭往樓上看一眼，一樣安靜而且無聲無息。我走樓梯下樓，耳朵還是像雷達一樣，想接收任何可能出現的聲音。我知道我的行為很像瘋子，但事實上，我也的確是。

毋庸置疑的。

到了門口，陳伯伯正牽著孫子大寶走進來。他對我點頭打個招呼，我也點點頭。大寶一臉好奇地看著我。我總是害怕小孩的熱情，我無法應付。

於是我快步走出大門，聽見大寶對陳伯伯說：「阿公，啞吧阿姨為什麼都不用上班？」

「你不要亂叫，那個阿姨只是不愛講話！」陳伯伯幫我說話。

「可是我沒有聽過她說話，她是啞吧。」大寶只相信他親眼看到的。

我無奈地笑了笑，隨手關上一樓的老舊大門，轉身上了哥哥暫停在門外的車。才關好車門，哥哥就拿了杯熱花茶遞給我，「喝一點，然後等等在車上睡一下，妳一定又熬夜沒睡了。」

我笑了笑，接過花茶。

活著，總會發生讓人覺得可惜的事，因為老天爺常常見不得人家好。

先不說我這幾乎已經葬送的人生有多可惜，讓我覺得最可惜的就是我哥對明怡的愛意。我知道哥哥很喜歡明怡，但明怡已經有了交往十幾年的敬磊哥，重點是，明怡只愛敬磊哥，所以我無法幫上哥哥任何忙。

我轉頭看著哥哥，雖然我一次戀愛都沒有談過，但我知道，被我哥愛上的女人一定會很幸福。

喝了口花茶後，或許是哥哥在旁邊，我安心了很多，很快就睡著，一直到餐廳門口才被哥哥叫醒。

「還好嗎？」他問。

我點了點頭，然後下車。

和哥哥一起走進包廂，爸媽已經在裡面等了。他們見到我，給了我好燦爛的笑容，但我能回應他們的只是微笑，上一次我能笑得這麼開心，是十三年前的事了。

其實我成長在非常美滿的家庭，爸爸是大學教授，前幾年剛退休，媽媽是職業婦女，他們兩人非常恩愛，我從小到大沒見過爸爸對媽媽大聲說過話。哥哥是律師，和朋友一起成立事務所，發展得很好，一切都很順利，除了我。

我坐到媽媽旁邊，她拉起我的手端詳著，笑容漸漸斂起，「女兒啊，妳是不是瘦啦？」媽媽擔憂地看著我，語調哽咽。

「媽！」哥哥制止媽媽的多愁善感。

「我覺得立湘看起來好得很，氣色也不錯，立湘，案子最近接得順利嗎？」爸爸趕緊轉移話題，好讓媽媽平靜下來。

「還可以。」我說。

爸爸點點頭，「太累的話就回家，爸爸還是養得起妳的。」

「對啊，幹嘛那麼辛苦，回家來，媽媽每天都幫妳進補，好歹也要讓妳再胖個十公斤。」媽媽附和著。

「爸、媽，你們別誇張了，立湘沒有那麼弱好嗎？每天在家被你們當菩薩供著，你們覺得立湘願意嗎？而且住在那裡，還有樂晴、依依、明怡陪她，她那麼有才華，好好讓她發揮，你們就別操心了。」哥哥邊說邊幫大家倒茶，還能邊給我一個得意的笑容。

我用唇語對他說了謝謝。

我不想回家，是因為那裡有我不願意碰觸的回憶。

一頓飯吃得很開心，我知道只要不去想起高中發生的那件事，大家都可以很開心，大家都可以一直往前看。聽爸爸聊他最近的新愛好，聽媽媽最近學會做的新菜色，聽哥哥最近幫某藝人打贏了和經紀公司的官司，聽著未來會發生的事，一切都如此美好。

吃完飯，要切蛋糕前，我突然想去趟洗手間。

「妳可以嗎？」媽媽擔心地問。

我點了點頭。我只是怕黑而已，現在是大白天，而且還是高級餐廳，窗明几淨沒有什麼好怕的。我微笑起身，走出包廂，到洗手間，選了第一間最亮的廁所進去。

每次外出上洗手間，感覺就像小時候聽完鬼故事去上廁所，總是會用最快的速度結束，然後再假裝沒事走出來，我就是這樣。

可能沒想到我會這麼快回來，打開包廂門時，我聽見媽媽在哭，爸爸正安慰著她，「妳別哭了，等等立湘回來看到怎麼辦？」

「媽！妳別這樣，立湘現在不是好好的嗎？」哥哥無奈地說著。

「你們不懂！立湘從小就倔強，再苦都是自己吞下，我就是難過，為什麼老天爺要讓她遇到這種事？為什麼老天爺要對我們立湘這麼不公平？她只是個孩子啊，竟然要承受這麼大的痛苦和壓力！我太沒有用了，連自己女兒都保護不了！」媽媽的眼淚猛掉，好像要哭斷腸一樣。

我站在門外，動彈不得。

「今天我生日呢，可以開心一點嗎？過去的事就不要再想了，可以嗎？」爸爸也難過地說著。

「我們立湘該怎麼辦？你們說她以後要怎麼辦？她都三十歲了，因為那件事，也不敢談戀愛，更別說結婚了。我多希望有個人可以好好照顧她啊！」媽媽哭得越來越厲害。

「媽，我會負責照顧立湘。我是她哥哥，我會養她，我會保護她，妳不要擔心。今天這些話，我們自己在這裡說說就好，絕對不要在立湘面前講到半句，她現在好不容易穩定了……」

「我瘋了嗎？我當然不會在她面前講。」媽媽趕緊反駁，「我是心疼我女兒受苦，我是擔心我女兒的未來。」

「這個我們都知道。季陽是要我們大家都放下，立湘也很努力，她現在已經好很多了。就妳不肯放下，好不容易見到女兒一面，妳瞧瞧妳哭成這什麼樣子？被女兒看見了，她會多難受啊？」

很難受，真的，都是我的錯。

「你以為我想哭啊？想到立湘我就心痛，恨不得把那個壞人千刀萬剮煮來吃，當初要不是耀然找到她……」

「媽！不是說好別提到耀然的嗎？」哥哥打斷媽媽的話。

這個名字是我們家的禁忌，比哈利波特裡的佛地魔更可怕。

聽到這兩個字，我驚慌失措地想逃開，轉身卻撞上推著蛋糕過來的服務生。我摔倒了，連同蛋糕也摔在地上，模樣是如此落魄狼狽。服務生著急地看著我，想過來扶我，他的手一碰到我的身體，我立刻尖叫著推開他，用力站起身，不顧身上全是鮮奶油，用僅有的力氣跑離現場。那一刻，我聽到哥哥在後頭喊著我的名字。

我邊跑邊想，為什麼自己會這樣？

不知道跑了多久，我突然雙腳一軟，再一次跌坐在地上。下一秒，哥哥已經跑到在我身旁，擔心地檢查我身上有沒有傷。「怎麼樣了？沒事吧？有沒有哪裡受傷？哪裡不舒服？我送妳去醫院？」

我看著哥哥驚慌恐懼的臉，和十三年前的那天重疊。那天，他也是這樣看著我，表情盡是懊悔痛苦自責。我好害怕回到那一天，我好害怕大家都回到那一天，我害怕得開始崩潰大哭。哥哥抱住我，像在安撫小孩一樣，輕輕拍著我的背，「沒事了，沒事了。」

不知道哭了多久，我只記得自己困在一片黑暗裡，很努力想要醒來，但一直醒不來。然後，我聽見媽媽的哭泣聲、父親焦慮的叨唸、明怡和依依喊著我的呼喚聲，還有樂晴對大勇發怒的吼聲。

「孫大勇，你除了打電動還會幹嘛？我說熱毛巾！熱的熱的熱的！」我在樂晴吼出最後一聲「熱的」時，走出黑暗，醒了過來。

我正躺在自己的房間，一群人圍在我床邊，全一臉緊張地看著我。這讓我壓力好大，我不要這樣，我不要大家擔心我，我不想成為誰情感上的負擔，他們沒有對不起我，他們沒有必要陪我承受。

我閉上眼，緩緩對他們說：「我想自己一個人。」

「立湘，妳看著我，妳有沒有哪裡不舒服？我煮妳愛吃的給妳吃好嗎？」樂晴著急地拉著我的手說。

我沒有力氣回應。

「樂晴，讓她休息一下好了。」哥哥的聲音。

「讓立湘再睡一下，她今天也都沒有睡，走吧，我們都出去吧！」明怡接著說。

房間只剩下我一個人。

於是，我睜開眼，想著今天發生的一切，眼淚又流了出來。

為什麼傷痛永遠不會過去？為什麼我這麼努力忘記，它還是在那裡讓我無法擺脫？十三年了，我每天都在期待它過去，但今天我才知道，它永遠不會過去，對我來說，它不只是我的陰影，而是我們全家人的陰影，是所有知道這件事的人一輩子的陰影。

十三年前，老天爺就用那件事告誡過我，做人不可以貪心。而此時此刻，我竟還貪心地以為惡夢總有醒來的一天。人只要過幾天舒服的日子，就會忘了慘痛的教訓。

貪心地想要擁有心愛的人，卻換來毀了一輩子的教訓。

我擦去眼淚，下了床，從衣櫥最底下的抽屜拿出一個信封，抽出裡頭的兩張照片，然後狠狠撕掉它。我不能再貪心地想留下這兩張照片，現在我只想好好過日子。

「老天爺，拜託你，我連最後的照片都不要了，請你放過我，還我平凡寧靜的生活。

求求你，我只想好好活下去，求求你，讓我身邊的人也可以平靜地活下去！」我看著窗外的一片漆黑，在心裡無聲吶喊。

我無力地跌坐在地上，哥哥端了杯水開門走了進來，趕緊扶我坐到床上去。他看著地上的照片再看看我，嘆了好大一口氣，但他什麼也沒有說，遞了顆藥到我面前。我無奈地看著他，他也無奈地看著我。

我們在比賽誰可以堅持比較久，最後我妥協了，我輸給了哥哥難過的眼神，我吃下了好久沒吃的安眠藥。

我躺下，惱怒自己的沒用，負氣地抓起棉被，蒙頭蓋上。

「我會一直在這裡待到天亮，妳安心睡。」哥哥在棉被外說著。

我沒有回應，又或許是我不知道怎麼回應。安眠藥很快就發揮作用，我陷入了夢境，一個美好不切實際的夢。

我看見耀然學長在對我笑，用著只有我看得見的笑，對我淺淺笑著。他用著他擅長畫畫的大手，輕輕地摸著我的頭，然後再用他好聽的聲音叫了我的名字。

「立湘，立湘？」

我再次睜開眼，夢醒了，依依漂亮的臉就在我眼前。我看見她著急的臉緩緩放鬆，接著想起了昨天我的情緒失控。同住了十年，這是我第一次在大家面前如此無法克制。我有點不好意思，應該是說，我覺得丟臉。

「妳還好嗎？臉有點紅，是不是發燒了？」依依把手放到我的額頭測試著，「嗯，沒發燒。還是哪裡不舒服？」

我搖了搖頭，她遞了水給我，我喝下一口，才發現喉嚨乾澀到有些疼痛。

「季陽早上有庭要開，先走了，他吩咐我，十點前妳沒有起床就得把妳叫醒，現在快十一點了。」依依繼續說著。

我點了點頭，可憐的朱季陽，事務所都要忙死了，還得要應付我這個有病的妹妹。

「我不會問妳發生什麼事，現在也不是知道到底發生什麼事的時候。妳現在要做的是起床，到外面去把樂晴煮的那桌菜吃掉，然後去做任何妳想做的事，這樣就可以了。」依依笑著對我說。

我感激地點了點頭，雖然我知道我的表情一定非常不自然。

依依牽起我的手，帶著我走出房門，明怡和樂晴正在餐桌前忙碌著。

「妳們都沒有上班？」我的聲音沙啞的連自己都嚇到。

「我是老闆娘。」樂晴邊舀著湯邊說。

「我今天休假。」明怡邊拿著碗筷邊說。

我轉頭看身旁的依依，「我頭髮痛。」依依一臉正經地說。

我笑了笑，根本不該問這個問題的。用腳趾頭想都知道，她們是為了陪我而留在家裡的。越不想造成別人的負擔，就越容易成為別人的負擔，莫非定律隨時隨地在我身上得到印證。

我努力吃東西，用吃來證明我沒事、我很好。她們努力地像往常一樣聊天說笑，讓我知道她們也沒事，一切都會很好。

我幾乎可以想像，她們為了我，不知道要排練多少次才能像現在如此自然。於是，我更努力吃著，這是我唯一可以讓她們真正放心的方式。

吃完飯，我小心翼翼地護著我的肚子走回房間。我覺得只要輕輕一碰，它就要爆炸了。我沒有開玩笑，我真的就是吃了這麼多。緩緩躺回床上，手好像碰到了什麼，我抓起來拿到自己眼前。

是昨天被我撕掉的照片散落的一張小碎片。我一眼就可以認出這是耀然學長的手。他用這雙手畫畫，用這雙手打籃球，用這雙手對我招手，用這雙手摸著我的頭。

他的手有魔法，讓我就這樣愛上他。

我忍不住捏緊手裡的碎片，拭去眼角的濕潤，艱難地起身，把碎片丟進垃圾桶內。我不能愛他，因為我沒有資格。而我也不能再想起他，因為我會忘不了惡夢。

一定要忘記他。

我不停對自己信心喊話，好像以為這樣就真的會忘記一樣。

「立湘，電話！妳哥打來的。」樂晴在房門外喊著。

我在房裡深呼吸幾口氣，穩定情緒，直到身體不再顫抖時才踏出房門，走到客廳接起電話。

「好多了嗎？」是哥哥打來的。

「嗯。」我回答。

然後，哥哥難得地沉默了，我們在電話的兩頭，沒有人發出聲音。我不知道要說什麼，但我想哥哥有話要對我說，只是還不知道怎麼開口。我知道接下來他應該會嘆一口氣。

我沒猜錯，還是好大一口。

「立湘，那件事已經過去那麼久了，我拜託妳可以放過妳自己了。我不想逼妳，但妳如果不去正視這個問題，它就會跟著妳一輩子，這樣過了十幾年，妳接下來的幾十年也要這樣嗎？」

我沒有說話。

「妳知道媽有多內疚嗎？她昨天一晚沒有睡，就因為她說了耀然的名字，害妳想起那件事，害妳在馬路上昏倒。她哭了一整晚，我們這麼努力還是沒辦法讓妳走出來嗎？」

我依然沒有說話。

「我們到底要怎麼做？妳告訴我好嗎？我到底要怎樣做才能讓妳忘記那一切？」哥哥洩氣地說著。

而他問的這個問題，我也每天都在問我自己。

「妳如果不幫妳自己，這世界上沒有人可以幫妳。」第一次，哥哥沒有對我說再見就掛斷電話。

我沒有怪他，也不能怪他。

他說的我都明白，我也都很清楚。這些話我在書上看過，我在網路的文章上讀過，我也常常對自己說。但都沒有用，當那晚的回憶襲來，我內心的正面能量就像電力耗盡的電池一樣，發揮不了任何作用，

人生最痛苦的，就是很多事明明都知道怎麼做，卻怎麼努力也做不到。很多道理，你明明都比別人懂，卻怎麼用心也沒辦法讓自己快樂。

接著發現，快樂其實只屬於幸運的人。

讓我繼續不幸下去，好維持這個世界的平衡，就不用謝我了。

第二章

所謂的孤單，是自己一個人玩著生存遊戲。

我曾經是對未來懷抱美好幻想和憧憬的女孩。

和每個十五歲的女孩一樣，我過著很平常的國中生活。

討厭上導師的數學課，不喜歡體育課要跑操場，最喜歡下課去合作社買米血糕並且加很多辣椒醬，一定要和同學邊走邊吃，聊著前一天的綜藝節目有多好笑，每天都在期待自己長大的樣子是不是會如想像中美好。

我告訴哥哥，我長大要當律師。哥哥說我聰明伶俐，講話又有條理，很適合當律師。他從小就疼我，就算我說我長大要當總統，他也會說：沒問題，妳一定可以。

我沒做到的事，哥哥幫我完成了。

國二時，我和班上同學拿到全校辯論比賽第一名，放學後一回到家，我就開心地嚷著喊著，往哥哥房間衝進去，要稱讚他慧眼識英雄。但他不在房間裡，卻有一個我沒見過面的男生側躺在哥哥的床上，很隨興似地看著金庸的武俠小說。

我到現在還記得他看的是《神鵰俠侶》。

「季陽出去買東西了。」他緩緩地說。

「喔。」我回答著，然後轉身要離開房間。

「等一下。」他從後頭喊住了我。

我回頭，看他下床走到自己書包旁邊，從裡頭拿了條巧克力，然後站到我面前把巧克力遞給我，淡淡說了聲，「恭喜妳。」伸手摸了摸我的頭，帶著一抹不仔細看就看不出來的淺淺微笑。

從那一刻，我就愛上了他，哥哥的高中同學，簡耀然。

任何少女要喜歡上一個人總是沒有理由的，如果硬要說出一個原因，那就是膚淺。從那天之後，我眼裡只看得到他，我心裡想的也只有他，所以有關的他的各種消息，我全都想知道。

「說一下嘛！」我對哥哥撒嬌。

哥哥放下手上的漫畫，一臉八卦地看著我說：「朱立湘，妳怪怪的喔！對耀然這麼有興趣？」

「哪有，只是隨便問問啊。所以他是下學期才轉到你們班的嗎？」我繼續問。

「因為爸媽離婚，他跟著爸爸，從台北轉來新竹的學校。」哥哥說完，再次拿起漫畫來看。

「那他人怎樣？」

「嗯……功課還不錯，運動也滿拿手的，個性比較安靜一點，在我們學校滿受女生歡迎，不過還是輸妳哥一點。」哥哥邊看漫畫也不忘邊自誇，再順便送我一個少女殺手級的微笑。

但沒到殺我，是我比較想殺他。

我在心裡偷翻了一個白眼，「有很多女生喜歡他？」我問，假裝冷靜的問，就像在問哥哥明天早餐要吃什麼一樣冷靜。

「很多啊，但比我少一點。」

「喜歡他的，都很漂亮嗎？」

「滿漂亮的，但比喜歡我的那些女生還差一點。」哥哥頭也沒抬地回答。

我不想再問了，因為我懶得再聽朱季陽稱讚他自己，身為妹妹的我真的不想吐槽他，傷害他的自尊心，但我也不能再虐待自己的耳朵。我回到自己房間，看著那條沒拆的巧克力，想到他的微笑，慶幸自己喜歡上一個好的人。

慢慢地，耀然學長成了哥哥的死黨兼麻吉，兩個人在學校總是一起行動，放學後也經常形影不離，好像還說好的一樣，考試成績輪流包辦全校的前一、二名。

他也成了媽媽的第二個兒子。因為耀然學長的父親工作需要輪班，所以他幾乎每天都留在家裡吃飯，媽媽總是拿他的碗來玩挾菜疊疊樂，目標應該是疊得比玉山還高。

他更成了爸爸下圍棋的夥伴，一到假日就找他來下棋。兩個人的勝負慾都很強，可以連續下棋十四個小時不吃不喝。我不懂，不過是下棋又不是在淘金礦，贏了又怎樣？

最重要的是，耀然學長成了我眼裡唯一的男人，比劉德華帥、比金城武迷人、比F4還要酷上幾萬倍，我十五歲生日那天許下的三個願望，都是想和耀然學長談戀愛。

當我吹熄蠟燭時，睜開雙眼映入我眼簾的是耀然學長，他臉上依舊是肉眼很難察覺的微笑表情。他摸了摸我的頭，對我說一句，「不管妳許了什麼願，一定都會實現。」

那一秒，我真的相信願望一定可以實現。

在努力遺忘那些悲傷的過去時，我更害怕連僅存的這一些美好片段也會一起消失。生活已經這麼辛苦了，為什麼連回憶都這麼讓人困擾，難道不能只留下好的，忘記壞的？

「沒事吧？」樂晴的聲音在我耳邊響起，把我從過去拉回來。

我看著她，她指了指我手中已經被哥哥掛斷，只發出嘟嘟聲的話筒，我才反應過來，緩緩把話筒擺好，平靜下來，對樂晴點了點頭，「沒事。」我說著。

「嗯，快去休息吧！」樂晴知道，再問下去也是和往常一樣，我不會有什麼最新說法，所以很豪爽地放我回房間。

回到房間，我坐在床上，想著哥哥剛才對我說的話，想著媽媽又因為我而自責。我沉重的起身，走到工作桌旁，從小抽屜裡拿出一個月用不到幾次的手機，開啟電源。

按了媽媽的行動電話撥出，媽媽好像等了好久一樣，通話馬上被接起。

「是立湘嗎？妳沒事嗎？季陽說妳醒了，媽真的好擔心妳。都是我不好，讓妳想起不開心的事，還害妳昏倒。我這個媽媽真的很失敗，媽真的很抱歉，我從今以後都不說了，絕對不說了。」這時，我和媽媽的角色好像對調了一樣，她像做錯事的小孩一樣期待我的原諒。

記得小時候我比哥哥調皮，從四歲開始最常說的一句話就是，「媽媽，我錯了，可不可以再給我一次機會？」

我很難過，媽媽為了我如此卑微。

「媽，跟妳沒有關係，我只是趕案子沒睡好而已。」我吞下哽咽，試著讓對話氣氛不那麼悲傷。

我十幾年來都在接受別人安慰，竟沒有學會怎麼安慰別人，說了一句誰也不會相信的話。然後我和媽媽兩人詞窮了起來每當媽媽不知道該說些什麼，而我也不知道要說什麼時，通話就會告一段落。

但我知道我有責任緩解媽媽的自責，因為那從不是她的錯。

「媽，對不起。」我說。

媽媽的淚水沒有止住，電話那頭傳來哭泣的聲音，我的眼眶也紅了。爸爸接過電話，安慰著我，「立湘，好好休息，不要想太多。」接著支支吾吾地說：「那個……爸是想，如果妳的情緒上有……呃，有不開心的，還是會胸悶……要不要再去給王醫師看看？」

我已經七年沒有看過心理醫生了，所以我以為我好了。

「爸，我真的沒事。」我說。

爸爸遲疑了一下，「嗯，沒事就好，沒事就好。」他開始說服他自己。

我們都是這樣，過日子，就是吃三餐再加上說服自己。

「那個……生日快樂，昨天來不及跟你說。」我一直記得這件事，我一直記得，要微笑開心地祝賀爸爸，昨天卻被我給搞砸了。

我可以察覺爸爸在電話那頭先是愣了，才笑著說：「好、好，謝謝，妳快樂，我就快樂。」聽他這樣說，我既無奈又心酸。

和爸爸道了再見，結束通話，手機螢幕顯示通話時間是五分二十三秒。我忍不住想著，一年內我到底花了多少時間好好當他們的女兒，我從沒有盡過女兒的責任，爸媽的所有事，都是哥哥在處理，因為我自私地只負責不停傷心和一直沉溺於過去。

我嘆了口氣，走回房間，躺回床上，卻發現越安靜，心就越慌亂，我只好再次坐起身，回到工作桌前，打算用工作來放過自己，這永遠都是最有效的辦法。

客戶來信告訴我，關於療癒系商品的部分，希望可以見面討論比較安心，但面對面溝通已經不再是我的強項，所以我總是能拒絕就盡量拒絕。但客戶非常堅持，再加上之前合作過幾個案子，能用的理由和藉口都用得差不多了，我只好妥協。

就在我寄出 email 答應明天中午見面時，天花板又響起了好大的聲音，樓上像是重物掉落，砸在地板上「砰」的好大一聲，我嚇得抬起頭看著，聲音又消失了，房間裡面只剩下我有點神經質的呼吸聲。

到底是真的，還是我的幻覺？

想起父親要我去看心理醫師，難道我真的又病發了？我開始焦慮了起來，我不想再看醫生，也不想再靠安眠藥睡覺，我起身，走出房間。

只有樂晴在客廳裡整理大勇沒收好的電動。

我走到樂晴身旁，她被我無聲的移動嚇了一跳，大勇昂貴的電動搖桿就這樣掉在地上，向樂晴道歉前，我已經先在心裡跟大勇下跪了。

樂晴一臉看到鬼的樣子對我說：「媽啊！立湘，妳知道我年紀大了，禁不起嚇嗎？而且妳怎麼起來了？妳不是在睡覺嗎？」

我搖了搖頭，緩緩地說：「我房間天花板有奇怪的聲音。」

「什麼奇怪的聲音？」樂晴把大勇的昂貴搖桿再次丟到地上，邊說邊走進我房間。我跟在她後頭，一進房就看到她抬起頭認真看著天花板。

她觀察了一下，回頭看看我，「沒有啊。」

「剛剛發出砰的很大一聲。」我說。

樂晴先是狐疑地看我，接著用極度不自然的表情說：「立湘，那個季陽是說，可能妳最近會有一點情緒不穩，還有可能會有一些，嗯，特別的行為，然後希望我們……」

她們原本就知道我很奇怪，但她們接納我的怪癖，太陽下山後不出門，旅遊不過夜，晚上不能熄燈，不愛和陌生人說話，和全世界的人保持距離。昨天莫名其妙昏倒和情緒失控，再加上我哥的叮嚀，我現在百分之二億肯定，樂晴她們都知道我一定有病。

「我真的聽到了。」我不想承認我有病。

樂晴再給我一次機會，和我一起安靜地抬起頭看天花板，一分鐘過去，兩分鐘過去，天花板依然沒有聲音，樂晴轉頭看著我，臉上表情說出她給過我機會了。她安撫我，「妳好好睡一下，我去準備晚餐，等等妳要給我吃兩碗飯。」

好了，我徹底被樂晴放棄了。

我也開始對自己絕望。樂晴輕拍了我的臉，要我別在意，再給了我一個打氣的笑容後，轉身離去。在她踏出房門那一刻，天花板為我扳回一城，很不客氣地又傳來：砰！砰！砰！

樂晴馬上回過頭看我，再抬頭看著天花板，不停來回看著我，又看向天花板。接著走到我面前，「妳剛剛有沒有聽到什麼聲音？」

我很用力點了點頭。

樂晴鬆了一口氣，「我還以為我幻聽咧。」

這一次，我不孤單。

但原來樂晴剛剛真的覺得是我幻聽，不過，老實說我也很怕自己是幻聽，又得再開始治療之路。我很感謝自己告訴樂晴這件事，至少證明了我沒有生病，而是樓上真的出現奇怪的聲音。

「前幾天就這樣了。」我說。

「可能是有流浪貓跑進去了，我上去看看，妳不要擔心。」樂晴很有自信似地拍了拍我的肩膀。

接著她走出去，我也跟著出去，看到她在東翻西找。先去廚房拿了菜刀，後來把菜刀放回去。再去儲藏室拿了鐵槌，發現感覺不對又放回去。最後去依依房裡拿了尚昱哥收藏的職棒明星大師兄簽名球棒，才往門外走去。

我發現她的手在抖。

「我陪妳去。」我鼓起勇氣說。

即便樂晴老是像媽媽一樣照顧我們，但她也不過大我兩歲，個子還比我嬌小，就算我再討厭出門，再害怕陌生環境，也不能讓她自己去樓上。因為並不能確定在樓上發出聲響的是流浪貓。

我不能讓樂晴，有任何發生和我一樣經歷的機會。

想到這裡，我忍不住全身發抖，但我仍然握緊拳頭，因為哥哥說的那句，「妳如果不幫妳自己，這世界上沒有人可以幫妳。」

我無法遺忘恐懼，唯一的選擇，也就只有面對恐懼。

我走到門口，穿著鞋子，樂晴又意外又擔心地看著我，「妳別去，我去就好。」

我打開門走了出去，用行動回答樂晴。

她也很快穿上鞋子，走到我面前，牽著我的手，一起到了樓上，站在門口，我們兩個人對看了一眼，才發現我們根本就沒有鑰匙，怎麼進去？

剛剛對自己喊話的信心，瞬間變零。

「我們到底在幹嘛？」樂晴看著我說。

我苦笑一下，我不知道自己在幹嘛就算了，這兩天還讓樂晴忙到連她自己也不知道在幹嘛。

「一急就沒腦袋，連手機都沒帶。我們先下去打電話給里長，請他和劉先生聯絡，叫房仲來開門。」

我點了點頭。

「一定是房仲帶人來看屋子，結果門窗沒有關好，讓流浪貓跑進去了。」樂晴對我說，也順便對她自己說。

我們手牽手準備下樓時，屋子裡傳來聲響，裡面有人用英文罵了髒話，F開頭的，是男人的聲音。樂晴一聽裡面有人，馬上鬆開我的手走回門前，然後按了門鈴，對裡頭喊，「請問裡面有人嗎？」

但我一聽到裡面有陌生男人，嚇到腿有點軟了，有點猶豫，不知道是要留下還是馬上衝回家。

很快地，門打開了，探頭出來的臉滿是鬍渣又有點凶狠，頭髮好長，感覺好幾天沒洗頭，穿著無袖背心和短褲，長得就像八仙過海李鐵拐的雙胞胎，我警覺地想要逃，但我不能丟下樂晴，害怕又擔心地看著她。

樂晴緊握球棒，被現代李鐵拐的臉嚇到。她把說話音量調到最大，問著他，「你是誰？你為什麼在這裡？你在這裡幹嘛？你知道隨便闖入民宅是會被抓去關的嗎？」

李鐵拐沒理會樂晴的恐嚇，正經地看著她，很冷靜地說：「我是住戶啊。」然後轉過頭，直愣愣看著我，有點像在或瞪人。

他的眼神太過突然地掃過來，我心一顫，在樓梯旁一個沒站好就這樣滾了下去，耳裡還伴隨著樂晴的尖叫聲。確定自己滾到定位後，再次努力睜開眼睛時，還沒反應過來，只覺得耳膜快破了，因為樂晴在我耳邊大吼我的名字。

「我沒事。」我對樂晴說，只是全身骨頭好像散了一樣。

「天啊！妳額頭流血了，天啊！妳手肘也擦破皮了，天啊天啊天啊！妳的膝蓋也流血了。」樂晴檢查我身上的傷，急得快哭了。

我還來不及看自己的傷口，就被人橫抱了起來，頭一抬，竟是李鐵拐。我被他的舉動嚇到，不停掙扎著要他放我下來。心中的陰影再度湧上，我歇斯底里大叫，要他放開我，被陌生人碰觸的噁心感從胃裡竄出，然後，我抓著他的領口，胃一緊縮，下一秒，往他身上吐了下去。

中午吃的紅燒肉、炒三鮮、涼拌綠花椰菜、豬心湯，都在李鐵拐的肩上、背後。驚訝的表情只在他臉上閃過一秒，但他仍然沒有放開我，冷靜地對樂晴說：「她需要擦藥。」

樂晴尷尬地看著我和他，趕緊說：「我們住樓下。」

李鐵拐抱著我往樓下走，頭也沒有回地交代樂晴，「記得她的鞋子。」

他身上都是我嘔吐物的味道，因為有我的味道，反而緩解了我的緊張。我沒有再掙扎，就這樣被他送回家裡客廳的沙發上。依依和明怡也剛好去大賣場回來，一進客廳看見狼狽的我和李鐵拐，兩個人張大嘴巴不知所措，而跟在我們後面的樂晴，拿著球棒猛向李鐵拐道歉。

李鐵拐很酷地說：「沒關係，那個，我是前天搬進樓上的紀東炫。」接著很瀟灑地走出我們家。我看到他衣服背後，黏著未消化的紅蘿蔔，轉頭看樂晴她們三人，她們都用手摀著嘴巴，快吐了的樣子。

還好她們都沒有吐，我的傷口很快地被處理了。明怡正在幫我擦藥，樂晴邊跟她們說著剛剛發生的經過，她們也邊看著我，表情盡是同情李鐵拐。

「我才要叫他別碰立湘，誰曉得他一下就把立湘抱起來了。」樂晴說。

依依眼睛發亮，「這麼帥？」

「妳們也知道，陌生人，尤其是男生只要一碰到立湘，她就會變得很可怕。」明怡和依依猛點頭。「結果立湘掙扎幾下之後，就吐了。」

我聽著樂晴的描述，丟臉得緩緩低下頭，接著明怡慢慢脫掉我左腳上滿是血漬的襪子，才發現我的腳趾甲掀了起來，「天啊！」明怡輕呼。

「光看到我都覺得痛死了，這怎麼能走路？還好紀先生抱妳下來。」依依看著我的傷口，臉部有點扭曲的說。

「結果她吐在人家身上。」樂晴完全沒發現我的羞愧，繼續說著。

明怡皺著眉頭看我，「立湘，這可能要去醫院處理，掀起了將近半片耶。」

我看窗外的天色暗了下來，搖搖頭。不想出門，我寧願在家痛死。

明怡只好先幫我處理傷口，樂晴和依依先去準備晚餐。本來就像廢人的我，現在因為腳上有傷，完全成為行動緩慢的真正廢人。

「好了，但明天一定要去讓醫生檢查一下。」明怡眼神直視我，希望我給她一個保證。於是我點點頭，她很滿意地拍了拍我的臉，就去幫忙樂晴她們料理晚餐。

我坐在沙發上，想起身去餐桌幫忙擺餐具，被經過的樂晴眼尖發現，「妳給我好好坐著就好。」原本離開沙發約莫一公分的屁股，再次狠狠地黏回去。這時門鈴剛好響了，樂晴隨即去開門。

走進來的是我哥，還有大勇。

大勇一進來就往他的老位置坐，也就是電視前，準備開始打電動。而哥哥則是看著我，表情有點尷尬，我想是因為早上他掛了我電話。

但哥哥不懂，掛我電話，和我帶給家人的壓力比起來，根本算不上什麼，我值得被哥哥掛上幾萬次電話。

「我的搖桿為什麼有刮痕？」大勇拿起他的寶貝搖桿慌張大吼，打斷了我和哥哥的沉默相視，我發現哥哥和我同時鬆了一口氣。

呼。

聽見大勇的吼叫聲，剛走回廚房的樂晴再走出來，火氣不小地對大勇說：「你在大聲什麼？自己打完電動又不收好，有刮痕怎樣，不能用了是不是？那剛好，順便丟掉，省得我還要收。」

大勇馬上變臉，討好地回應樂晴，「沒有啦，我是太高興了，想說怎麼刮得這麼有藝術感，妳看剛好一個勾勾，NIKE耶！」

「少來，去買沙茶醬。」樂晴完全沒有被大勇唬住，他們從大學開始認識到後來在一起，大勇只要一張開嘴，樂晴就可以看到他的胃了。

「沙茶牛肉？砂鍋鴨？沙茶螃蟹？」大勇眼睛發亮地問。

「沙茶牛肉，給你三分鐘，不然就是沙茶孫大勇。」樂晴一說完，大勇的身影五秒內消失在大門口。她很帥地轉身回到廚房繼續忙。

客廳只留下哥哥和我。

想假裝沒事，我伸手拿起沙發上的雜誌翻看，哥哥突然一臉緊張地問我，「妳的手肘怎麼了？」然後一個移步來到我面前，撥開了我額前的劉海，「這裡也受傷了？」

三十幾年的兄妹，我在他眼裡讀到了不信任，他以為我情緒不穩自殘。我很難過，但我明白，是我的行為造就了別人的看法，我就是如此不爭氣，才讓哥哥這樣想。

我沒有資格生氣，只能好好解釋，「剛剛不小心從樓梯跌下去。」

「對啦，都是我沒有注意，才害立湘受傷。」樂晴不知道什麼時候又從廚房出來，小心翼翼地看著搖桿的刮痕。

哥哥聽到樂晴的說法，相信了樂晴，察看我身上的傷，告訴我，「明天陪妳去看醫生，妳的腳趾今天不可以碰水。」

「我明天自己去看就好，剛好和客戶約好要談點事。」我說。

哥哥和樂晴不放心地看著我，人要做得像我如此失敗還真是不容易。我露出微笑，想要博取更多信任，「我真的可以自己去，只是走路比較慢一點而已。」

「我明天沒有什麼事，可以陪立湘去。」樂晴說。

「我可以自己去。」我再一次回答，很堅定地。

哥哥和樂晴最後妥協了，「如果腳真的很不方便，隨時打電話給我。」他說。

我點了點頭。

哥哥留下來吃完晚餐，扶我進房後，他從口袋裡拿了兩張拼湊過的照片，遞到我面前。我驚訝地看著他，接過還缺了幾塊碎片的耀然學長的照片。「別再撕了，我老了，視力不好，要拼很久。」哥哥開玩笑地說。

我只好給他面子，笑了一下。

「不是撕了就可以忘記的，我知道它們對妳很重要。」哥哥說著。

我對耀然學長的感情他是知道的，所以事情發生後，為了減少我的痛苦，不讓我再想起那些事，他和耀然學長漸漸減少聯絡，最後因為我，失去了一個好朋友。

哥哥拍了拍我的肩膀，沒再說什麼就離開了，把我和那兩張照片留在房間裡。我看著和耀然學長的合照，在耀然學長身旁的我笑得好幸福，而耀然學長臉上仍然掛著只有我能察覺的笑容，手正溫柔地摸著我的頭。

那天，是我人生最快樂也最痛苦的一天。

那件事，就是在那天發生的。

我望著照片嘆了口氣，不能再想了，我得趕緊回到正常生活。被回憶困了好幾天，不能再這樣下去了，我得要正常，我身旁的人才能正常。於是我回過神來，把照片隨手就塞進了枕頭底下，緩慢地回到工作桌前，開始準備明天和客戶要討論的資料。口才變差，就要用其他的方式來表達。

當我認真地找資料，畫草圖、寫建議書時，天花板又傳來聲響。但我已經懶得抬頭看了，知道樓上住的是人，知道不是我的幻聽後，不安感已經消失。我頓時全身一陣酥麻，原來面對恐懼，才能真的處理恐懼。

雖然腳趾偶爾傳來一陣刺痛。

頓時心裡感到一陣好久不見的輕鬆，我帶著微笑熬夜，而樓上也是帶著狠勁製造噪音，和我一起到天亮。

準備好資料，再處理另一個客戶要趕的案子，我很滿意今天的進度，內心充實地躺回床上，隱約聽到樂晴、依依、明怡輪流進門叫我吃早餐、問我傷口痛不痛，但放鬆後的睡眠。太深太沉太舒服，後來我就失去意識了。

我再次睜眼，是樓上又傳來「砰」的一聲。

我坐起身，恐懼轉變成煩躁，再這樣吵下去，我可能會因為這些聲音精神耗弱，而再次發病。但我沒有煩躁太久，因為我看到床邊的電子時鐘顯示已是十點半。但我只能心很快可是動作很慢地梳洗換衣。

拿了包包及資料，跛著腳下樓，一個階梯、一個階梯地緩慢移動，和陸續上樓的鄰居點頭打招呼。他們看見我腳受傷，似乎很想問的樣子，但知道問了我也不會回答，最後都只好作罷。

到了一樓，我艱難地把包包和資料都放到左手，伸出右手準備開門時，後面突然伸出一隻手幫我完成了這個動作。我尖叫一聲，接下來手上的東西都不見了，我嚇一跳又忍不住大叫了一聲。

「妳肺活量滿大的。」李鐵拐，不，是紀東炫低沉的聲音在我頭頂上響起。

我抬起頭看他，閉上了嘴，想把他手上屬於我的東西拿回來，但他動作很快地先往外走，我只能拖著腿，試圖跟上。他可能是個好人，對我來說卻仍是陌生人。

沒吃早餐，又有點想吐了。

不顧腳趾指甲翻起，我忍著刺痛快速追上他，他見我走到旁邊，停了下來，打量我一眼，把我的東西還給我。我拿了東西後繼續往前走，他就這樣跟在我後面。

我假裝鎮定地加快腳步。

「走慢一點，妳的腳不是在痛？」他在我後頭說著。

我停頓一下，決定放過我的腳趾。我覺得再這樣逞強走下去，醫生可能會叫我直接截肢，於是我恢復正常速度走著，他也緩慢地跟在我身後，和我一起上了公車，我坐在前面，他坐在我後面。

我不知道他是在跟蹤我，還是剛好和我同方向，我警戒地坐直身子，他的頭往前靠過來，在我身旁說了一句，「放鬆一點，妳是隨時要去打仗嗎？」我嚇一跳，回過頭，他直愣愣地看著我，像昨天一樣。

我轉頭不再看他，但對他的恐懼已沒有昨天那麼強烈，只是習慣隨時隨地保持警戒的我，並沒有因為他的一句話而卸下心防，我仍然直挺挺地坐著，下了車後，他也跟著我下車，繼續走在我後面。

我走進樂晴昨天幫我預約掛號的診所，拿出健保卡給護士。轉頭往門外看去，紀東炫不見了。我鬆一口氣，到診療室外的長椅坐下等候叫號，眼神仍不自覺往外看。

「朱立湘小姐！」護士走出來喊我的名字，我回過頭起身，跟著護士進診療室。

醫生說要拔掉指甲，我點了點頭。「會很痛喔！」他說。

「嗯。」

醫生好像對於我的冷靜有點驚訝，接著護士拿了麻醉藥，對我說：「打針會有點痛喔！」我仍舊點點頭，沒有任何討價還價或是掙扎。護士小姐以為我是太害怕了，邊打針邊安慰我，「忍耐一下喔！很快的。」接著在我的腳趾左右邊各打了一針。

「不痛嗎？」護士一臉不可置信地看著沒有任何反應的我。

「痛。」我冷冷地說，但經歷過比這個更痛的，這種皮肉痛就算不上什麼。

護士看到鬼似地打量了我一番。醫生進來了，右手拿著鉗子，左手摸著我的腳趾甲問著，「現在有什麼感覺嗎？」

我搖頭了搖頭，醫師突然叫了一聲我的名字，我抬起頭看他的同時，指甲也順便被拔掉了。

醫生驕傲地拿著夾住趾甲的鉗子，「是不是很快？」炫耀他的成果。

「嗯。」我點點頭。

醫生無趣地收起笑容，快速幫我包紮傷口，然後鄭重交代我後續要注意的狀況，還有回診的次數。

「我可以自己在家擦藥就好嗎？」只要不出門，我願意多拔幾個指甲交換。

醫生搖了搖頭，「不行，要固定時間回診。對了，趾甲要幫妳打包嗎？」

「不用了，謝謝。」我說。

我站起身走了出去，在櫃枱領完止痛藥，慢慢走出診所。或許因為麻藥的關係，總覺得腳趾一點都不痛，行動比剛剛方便。診所的電動門一開，我看到紀東炫坐在外頭的一台摩托車上，吃著御飯糰。發現我出來，他把吃了一半的飯糰全塞進嘴裡，立刻跳下車。

他走到我面前時，嘴裡的飯糰已經進了他的胃。「醫生怎麼說？」他很自然地問著。

我看他一眼，沒有回答他，轉身往前走。和客戶約在前面的星巴克談事情，所以樂晴特地上網幫我預約了這間最近的診所。

他走到我面前，「妳幹嘛不說話，我又沒有要對妳幹嘛。是我害妳摔下去的，讓妳受傷覺得很不好意思，我想知道有沒有很嚴重，如果有需要，我可以付醫藥費。」

我停住腳步，原來這是他跟著我的原因。

「我沒事，而且是我自己摔下去的，跟你沒有關係。」我淡淡地對他說。

紀東炫笑了，我看不清他的笑容，因為被他的滿臉鬍渣給擋住了，只能看到他眼角的笑紋。

「我一度以為妳有語言障礙，不會說話，沒想到妳會說話耶。」他有點驚喜。

我不知道怎麼回應他，也不想回應他，轉身往前走。但他好像打開話匣子一樣，繼續走在我旁邊說話，「妳今天沒有覺得全身痠痛嗎？一般來說，從樓梯摔下來，隔天都會很痛。像我的床那麼小，我每天睡覺都從床上摔下來，醒來全身都痛死了，妳都不會嗎？除了腳以外，其他的傷都沒事嗎？還好沒有腦震盪，我之前去騎重機，結果摔車，輕微腦震盪住院住了一個月。」

他跟著我，不停自言自語，我只能當耳邊風。好不容易走到星巴克門口，我轉過頭，開口打斷他，「不好意思，我約了人，再見。」轉身直接走進去。

在靠近店門口的左手邊座位，看到了見過一次面的吳經理和她的助理小美。我走過去和她們打招呼，坐下後，忍不住回過頭看向門外，紀東炫再次不見。呼，我在心裡吐了一口氣。

他很熱情，但對我來說，熱情的陌生人只會讓我壓力很大。

吳經理的叫喚聲把我拉回工作上。我們開始討論商品設計的想法，交流著彼此的意見。花了兩個小時，她妥協，我也退一步，才達成共識。我有了明確的設計方向，她有了進度可以回公司交差，合作愉快。

「朱小姐，妳要不要乾脆來我們公司上班？」吳經理笑著說。

我微笑地搖了搖頭。

「以妳的實力，一定很多公司想要挖妳進去。」

我沒說什麼，想起被我回絕過的公司，大多都是接觸個一、兩次就會打退堂鼓，目前僅存的只有自由設計，至今仍每天一封信網羅我。很有毅力，但還是贏不過我的堅持。

「讓我請妳吃個晚飯，上次妳幫公司設計的書籤大賣，目前日本、韓國都在找我們談合作，一定要好好謝謝妳。」吳經理熱情地對我說。

「不了，我晚上還有事。」跟樂晴她們吃飯，是我生活裡很重要的事。

吳經理被我拒絕到很習慣了，仍舊保持笑容，「好，那下次我們再一起吃飯。我們就先回公司了，需要送妳一程嗎？」

我搖了搖頭，「我習慣坐公車。」

吳經理和我道了再見，便和助理離開。我快速收著桌上的文件資料，接著我聽見一道熟悉的聲音在我身後響起。

我全身好像被三萬伏特的電流流過，發抖著微微轉過頭去，耀然學長就站在門口和一個男人說話，和我距離不過兩公尺。

看見耀然學長，我變得呼吸急促，讓我更心慌的是，他變了。

在他臉上的，不再是只有我才能察覺的微笑，他禮貌地燦爛笑著，緊握對方的手說：「Erik，就麻煩你了，有什麼需要我協助的地方，盡管告訴我。」聲音也變比以前輕快。

對方也非常客氣地回應，「別這麼說，Leo，希望我們合作愉快。」

兩人相互寒暄著，原本不擅社交的耀然學長，已被現實磨練，成為適合在社會上生存的人，十五年前有個性的耀然學長，不知道什麼時候開始，對這個世界妥協。

他變得和以前不太一樣，但我仍被他吸引，即使慌亂、害怕、不安、恐懼的心情全都衝上來，我還是無法移開對他的眼神。

像從前一樣。

我的心快速地跳著，為他。

就像和他合照的那天一樣，這一刻，我的心臟是屬於他的，只為了他一個人跳動。

我喜歡他的心情，又變得和十幾年前一樣。

在愛面前，就連時間都得對女人下跪。

第三章
所謂的過去，只是時間經過，其實從未離去。

「雖然耀然是我的好朋友，功課不錯長得又帥，但我還是不會同意他的，妳不要幻想什麼。」哥哥在一旁，看著我穿上和他同一間高中的制服，突然這樣對我說。

我嚇了一跳，知我莫若哥，竟然知道我此時此刻正幻想著和耀然學長穿著同一所學校的制服，放學後去約會。但我急忙澄清，「哥！你在講什麼啊！你很無聊耶。」我拍了拍身上的新制服，今天是我美好的高中生活第一天。

但我哥無敵煞風景。

哥哥學著我的聲音三八地調侃我，「妳很無聊耶！拜託，妳在想什麼，不要以為我不知道。妳上大學後才可以談戀愛，在這之前，妳好好念書就好，現在男生都很壞，不要被騙了。」哥哥像個爸爸一樣，規定我談戀愛的年紀。

還真好意思說，他自己就是壞男生代表，長得漂亮一點的學姊、學妹，哪個沒有被他傷過心？最後都來找我哭訴或是巴結我，要我幫她們說好話。

「你自己少讓女生哭就好。」我說。

「妳說這話就不對了，如果她們自己一廂情願，為兄的我也無法控制啊！總之，妳好好念書，其他的想法都不要有，知道了嗎？」哥哥走到我面前，很認真地對我說。

「我哪有什麼想法。」我死不承認。

「需要我講白嗎？妳朱立湘就喜歡簡耀然啊！」哥哥就這樣把我自以為收藏得很好的祕密說了出來。

我頓時不知道該怎麼反應。

「猜對了吧！其實也不用猜，妳的眼睛背叛了妳的心——」說著說著還唱起歌來，「別假裝你還介意我的痛苦和生命，還介意我的眼淚，還介意我的憔悴，還騙我一切不愉快都只是個誤會……」

五音不全還敢唱鄭中基的歌。

就這樣，我的心思被哥哥知道了，和耀然學長的互動也變得很不自然，總是要介意哥哥的眼神。他老是會趁機取笑我或是捉弄我，但這無法阻止我對耀然學長的愛。

哥哥一直以為我對耀然學長只是小女生的崇拜，但某一次，他偷吃了我要做給耀然學長的巧克力，才知道他妹妹是來真的，他妹妹是真的喜歡耀然學長，而且是非常喜歡。

「好啦，對不起嘛，我再買來賠妳。」哥哥已經對我示好一個星期，我仍然不想和他說話。

「還在吵？」媽媽將剛炒好的高麗菜端上桌，看著哥哥問。

哥哥點點頭，媽媽轉過頭來替哥哥說話，「都多久了，為了幾顆巧克力，和妳哥生這麼久的氣？妳都幾歲了？」

「十七。」我回答著媽媽。

媽媽笑著搖搖頭，對哥哥說：「你自己想辦法，你妹的脾氣說一就是一，我拿她沒轍，好了，趕快吃飯。」接著脫下圍裙坐到爸爸旁邊。

「妳到底要我怎樣嘛？」哥哥有點掛不住面子。

我冷靜地放下筷子，然後很認真地開口，「那巧克力是我研究很久，做了很多次才成功的。你沒有問過我就直接拿去吃，就是不尊重我。不管東西大小，只要是你的東西，我是不是都經過你同意才碰？」

哥點了點頭，「好啦，對不起啦！」

「而且為什麼你說了對不起我就一定要原諒你？我不被尊重的感覺還沒有平復，如果我沒經過你同意，把你整套棋靈王漫畫丟掉，再跟你說聲對不起，你就會馬上原諒我了嗎？」我說。

爸媽被我的強硬態度嚇到，「也沒有這麼嚴重吧！」爸爸說。

我轉過頭看著爸爸，緩緩地說：「爸，有沒有這麼嚴重，是我的感覺，不是你覺得沒有那麼嚴重，它就沒有那麼嚴重。對我來說，那巧克力是我最重要的東西，它很珍貴，所以對我來說很嚴重。我會原諒哥哥，但請給我時間消化。」

「是。」爸爸低下頭，繼續吃飯，媽媽看著我笑了笑，挾了塊雞肉，安慰爸爸被女兒KO的心情。

我回過頭看哥哥，輕聲對他說：「吃飯。」

他愣了一下，結巴地說：「喔……喔！」手忙腳亂地拿住筷子，乖乖吃起飯來。

從那天開始，我哥學會尊重我的感情，也知道了我有多喜歡耀然學長。

他更徹底知道那件事對我的傷害有多大。哥哥一定無法想像，被社會化後的耀然學長此刻就出現在我的眼前，而我的心跳居然仍為他加快速度，比十五年前跳得更快。

似乎察覺有人熱切地注視著他，耀然學長轉頭往我的方向看過來。我快速回過頭，背對著他，一動也不敢動，害怕他發現了我。

我喜歡他，但這輩子我都無法面對他，永遠無法。

時間好像靜止了一樣，我動也不敢動，全身的汗毛都直立了起來，和我一起關注著周遭的變化。我祈禱耀然學長沒有發現我，最好是這輩子都不要發現我。

但我的肩膀突然被人拍了兩下。

我馬上全身僵硬，完全不敢轉身面對耀然學長。我不敢見他，從那天之後，我就再也沒有見過他了，那時候他眼神裡解讀不出的情緒，是我這輩子最大的痛苦。應該是可憐我吧，我想，多年前我自己下了註解。

在我心臟幾乎快停止時，後方傳來聲音，「妳要回家了嗎？」

不是耀然學長的聲音。我回頭，紀東炫的臉映入我的眼簾。我往門口的方向望去，耀然學長已經不在那裡，眼神轉回來再看了紀東炫一眼，下一秒，我哭了出來。

全身虛脫地哭了出來，接著趴在桌上，哭出了聲音。

「欸欸欸，妳不要這麼突然好不好？」紀東炫慌張地在我身旁說著。

回應他的，是我更大聲的哭泣。

「喂！妳這樣很過分耶，哪有人像妳這樣亂哭的，大家都在看我了。欸，妳不要哭了啦！」他用手指戳了我的手臂兩下。

「我朋友有點不舒服，不好意思喔！不好意思！」他對著旁邊的人解釋著。

不管他有沒有被人指指點點，我第一次覺得，幸好是紀東炫，不是耀然學長，還好是紀東炫，真的。

他就這樣坐在我旁邊，等我哭完抬頭，把衛生紙遞到我面前，「整整四十五分鐘，妳的眼淚還真多。」

我沒有拿他手上的衛生紙，而是起身走進洗手間，為自己洗了把臉後再走回位置，拿了東西快速地離開星巴克。而紀東炫跟在我背後，又開始自言自語，「妳餓了嗎？要去吃點東西嗎？我想吃牛肉麵，妳有推薦的店嗎？我不是台北人，對台北不太熟，還是妳有隱藏的美食名單？」

走了十分鐘，紀東炫就跟在我身後狠狠地說了十分鐘。經過飲料店時，我轉過頭看他，他愣了一下，一臉無辜。我怕他渴死，買了杯珍奶遞給他，他露出中了樂透的眼神，感到很不可思議似地看著我。我沒有理他，逕自繼續往前走。

其實，我是感謝他的，因為他不停在我耳邊碎唸，讓我無法專心沉浸在見到耀然學長的激動裡。雖然心情還沒完全平復，至少比我想像的好多了，我只哭了一下，而不是完全失控。

沒想過會有再見到他的一天。以為他是屬於回憶裡的人，只能放在過去，現在才知道，未來和過去永遠都無法切割。

上了公車，紀東炫一屁股坐在我旁邊，和我靠在一起，我突然又湧起一陣噁心的感覺，他發現我又要吐了，馬上換了位置坐到我後頭，「喂，妳怎麼那麼愛吐啊？」

我坐在他前面，聽著他慌張的語氣，忍不住笑了一下。仍隱約感到有點噁心反胃，不過不是因為他，而是我一整天沒有吃東西，胃不舒服罷了，我很驚訝，自己對他的熟悉度竟如此迅速上升。

可能是由於第一次見面就吐在他身上，也有可能因為今天第二次見面，我就毫無理由在他面前大哭。

紀東炫可以去買樂透，他很幸運。

「台北有哪裡好玩的嗎？一〇一妳去過嗎？」他就算坐到我後面，仍靠玻璃窗和座椅間的隙縫對我自言自語，我看著車窗外的景色，仍沒有回答他半次。

「那九份呢？妳去過嗎？還有那個金石頭還是金菜瓜？我在旅遊網站看到，好像都還滿好玩的，喔！我最想逛夜市，那個士林夜市的小吃看起來都好好吃。雖然我是台灣人，但我在北京長大，朋友問我台灣哪裡好玩我都不知道，我根本假台灣人……」他自己越說越興奮，我有沒有回應，對他來說一點都不重要。

他停了不到十秒，又開始，「妳看起來很像自由工作者，也好啦！不然妳這麼不愛說話，去公司應該也很難和同事溝通，自己一個人工作應該比較適合妳。妳是哪個行業……」我還是沒有回答。

下了車，他雖然繼續跟著我，但突然不說話了。我好奇地轉過頭看他，他對我笑了笑。我回過頭走著，對他的安靜，感到很不習慣，又忍不住再回頭看了他一眼。

他突然走到我旁邊，開心地說著，「是不是想跟我聊天？」

我搖了搖頭，他又放慢腳步，跟在我身後。真是個奇怪的人，但我也沒有資格說他，因為在他心裡，我應該也很奇怪。

就這樣到了家門口，他突然說：「下次妳回診的時候，我跟妳去。」

我抬起眼睛看他，才想說不用了，他馬上開口堵住我的嘴，「不要說不用，反正我要跟妳去就對了，不要跟我客氣。」然後笑笑地對我說了聲再見，快速跑上樓。

他完全沒有給我拒絕的機會，但沒關係，我並沒有打算回診，在家裡比較安全，我無法再看到耀然學長第二次。

一進客廳，依依拿著手機正在通話，樂晴在一旁看著，兩個人臉上的表情明顯看得出是焦慮，看到我進來，依依馬上掛掉電話。樂晴衝到我身旁，上下打量我，著急地說：「妳怎麼出去那麼久？天都快黑了，整整六個小時，打妳手機都沒接！」

我被樂晴緊張的詢問嚇到，今天發生太多事，我根本沒有注意時間。

依依也走過來，「回來就好了，妳很少自己出去那麼久，我們有點擔心而已。」

「和客戶討論工作，沒注意時間，對不起！」我說。

我到底是有多脆弱？讓她們為了我如此焦慮？

樂晴和依依發現自己似乎有點反應過度，兩個人馬上急著對我說：「沒事啦，是我們瞎操心啦！女人年紀一大，就越來越像媽媽了。」

「對啊對啊，而且我晚上煮了妳最喜歡的酸辣麵，要叫妳趕快回來吃。」

我笑了笑，知道她們的用心良苦。「我好餓。」我對她們說。

於是，我被狠狠地拍打餵食，吃了兩大碗酸辣麵，外加二十顆水餃，還有一堆水果。吃完飯後，坐在客廳，開始我們的日常對話。

聽著明怡說下個月要和敬磊哥去斯里蘭卡當義工，再聽著依依說要找時間和尚昱哥去環島，而樂晴說她要跟大勇分手，因為大勇想成為電競選手。這是樂晴第一百二十一次說要跟大勇分手。

她們都有深愛好久的人，相識都十幾年了，和我愛耀然學長一樣久，只是她們都有美好的發展，跟我不一樣。

不曉得是不是吃太飽的關係，我就這樣坐在客廳裡打瞌睡，最後整個睡著。我再一次夢到耀然學長，十五年前的他和現在的他不停交錯出現，最後變成一個我不認識的他，我嚇了一跳驚醒。

看了下時間，已經凌晨一點多，客廳的燈好亮，應該是她們為了我留的。我坐起身，看到明怡睡在另一張沙發上，而樂晴和依依就在地板打地舖，她們是為了我留下的。

我眼眶紅了，看著她們。

我從沒有給過她們什麼，我活在自己的恐懼和習慣裡，她們配合著我的生活，從不給我任何壓力，溫柔安靜地陪著我，如果不是她們，我會變成怎麼樣？

我不知道。

我繼續躺下，看著她們，心裡好踏實。而再次入睡的我，什麼夢都沒有做，睡得很深很沉，我想，天花板一直沒再發出聲響也幫了很大的忙。

再次醒來，天已經亮了，才早上六點半，大家都不見了。

每天都會做早餐給大家吃的樂晴不在廚房裡，餐桌上是空的，以為依依和明怡都在房間裡睡，但我去看了，她們也都不在。正當我覺得奇怪的時候，明怡回家了。

「醒了？」明怡微笑。

我點了點頭，「怎麼大家都不見了？」

「都去樂晴店裡幫忙了，店裡打工的妹妹上班途中出車禍，樂晴趕去醫院看她，我和依依先去店裡支援。但我早上有晨會，就先回來準備上班。」明怡對我說，還遞了兩個三明治給我。

「妳吃完早餐再去睡一下。」她笑著摸摸我的頭，她們一直因為年紀比我大，所以對我像妹妹一樣地照顧，但她們忘了我已經是老妹了，三十歲。

「我去幫忙。」我說。

「沒關係啦，店裡還有依依，而且樂晴晚點就回來了。」

「我想去幫忙。」我說。

明怡笑了笑，點點頭，「妳自己過去可以嗎？還是我陪妳過去？」

「天亮了，我可以自己過去。」我也回應明怡一個微笑。

回房間洗臉刷牙，換好衣服後，下樓走到巷口樂晴的早餐店。一到店裡，客人好多，依依不停地應付客人點餐，我趕緊走到工作枱前幫忙做吐司，裝飲料，一度以為全世界的人都來吃早餐了。

依依還得上班，於是她也先離開了。我無法面對客人，點餐的工作就換工讀妹妹接手。我很會做吐司，而且動作很快，於是我和工讀妹妹繼續打仗，一直到早上十點半，我才能好好坐在椅子上喝一杯熱奶茶。

喝一口熱奶茶，心裡十分滿足，再看看店外頭對面公園的綠蔭和陽光灑落，十幾年前我是多喜歡往外跑的女孩啊！現在只喜歡待在有安全感的地方，享受習慣和穩定帶來的安心。但偶爾看到這樣的景色，還是令人欣喜。

我微笑地看著，但總覺得哪裡怪怪的，一轉頭，發現紀東炫正坐在裡頭的位置大口吃著蛋餅。我們四目相對，他對我揮了揮手，和我打招呼。我回過頭，不知道怎麼回應他。

還好樂晴回來了，大勇也來了。

樂晴一臉疲憊，看到我在店裡，走到我身旁，抱著我說：「謝謝喔！」

「嚴重嗎？」我問。

樂晴鬆開手，一臉難過地看著我，「有一點嚴重，妹妹睡過頭，趕著上班，所以闖了紅燈被汽車撞到，肋骨斷了一根，剛剛才送進普通病房。我讓她好好養病，不要擔心。」

我點點頭，「妳也不要擔心，我這幾天都可以幫忙。」

樂晴摸著我的臉，「妳最乖了。對了，孫大勇，記得把車上那些東西拿下來，我先煮個魚粥，等等你幫我送到醫院。」

大勇沒有回應，我和樂晴同時轉頭找著，結果看到大勇坐在紀東炫旁邊，兩個人沉迷在手機遊戲裡，聊得好開心。樂晴咬牙切齒，「孫大勇，我剛說的你有沒有聽到？」

大勇崇拜地看著紀東炫，再看看手機螢幕，眼神裡盡是讚嘆，我想他應該沒有聽到。

樂晴失控大喊，「孫大勇！」

大勇才回神，看到火大的樂晴，急忙衝到我們旁邊，興奮地對我們說：「妳們知道嗎？他超強耶！比我還高好幾個等級，那個超難練的。」

樂晴火大了起來，伸出手邊打他邊說：「不知道！不知道！不知道！你給我滾回去旅行社上班，三天內都不要讓我看到你，不要來我家吃飯。」

「好啦好啦！我有聽到啦！」不能吃樂晴做的菜，對大勇來說是很大的懲罰，他急忙道歉求饒，兩個再度上演上輩子不知道誰欠誰比較多的戲碼。

我笑了笑，店裡忙碌的時間告一段落，我得回去趕案子。向樂晴和大勇打了招呼後，我拿著熱奶茶準備回家。

才離開店裡走不到五步……

「妳在這裡打工嗎？」紀東炫的聲音在我身後響起。

我嚇了一跳，回過頭看他，走在人家背後說話好像是他的興趣，走路沒有聲音好像是他的專長。他可能練過輕功？或是哪座寺院的潛修子弟？

但我沒打算問他，我繼續走，他也在後面自言自語，「我都會來吃早餐，第一次看到妳在這裡，原來這間店是妳朋友開的啊，我也是第一次看到她，這裡早餐好好吃，我最喜歡吃起司蛋餅，一次可以吃三份，熱奶茶也很好喝。可是生意太好，常常會吃不到。」

我打開大門上樓，他跟著上樓梯，「妳的腳好像好多了，什麼時候要去回診啊？還會很痛嗎？妳……」

我打開家門，對他說了聲再見就把門關上。雖然覺得他很怪，但心裡是佩服他的毅力的，我想他應該是很寂寞的人，需要說話，也需要有人聽他說話。

回到房間，我開始趕工作。樓上又不時發出碰撞聲，但我不覺得煩躁，反而覺得滿熱鬧的，人真的是容易習慣的動物，所有的不適應，只要時間一長就都能習慣了。或許也是真的懶得再反抗世界。

接下來的幾天，樂晴忙著在醫院、店裡和家裡奔波，我能做的就是天一亮到店裡接手，偶爾明怡和依依也會來支援。紀東炫每天早上都會來吃早餐，看著我打烊，跟在我後頭自言自語地走回家，回到家，我就聽著樓上的碰撞聲，從下午到晚上持續趕著案子，吃完晚餐再繼續。每天都累到在工作桌上睡著。

這幾天，是十幾年來生活作息最正常的時期，我沒有時間熬夜，對於這樣早睡早起，也不爭氣地習慣了。

「妳現在馬上去回診，都幾天了，妳確定妳的腳趾沒有爛掉嗎？」樂晴搶走我手上抹到一半的奶油吐司，用手肘推著我出去。

「沒有。」因為不想回診，我自己很認真擦藥，注意醫生交代的事項，我試著想把吐司拿回來，但樂晴還是不給。

「有沒有爛掉，醫生說了算。妳現在馬上去看醫生，我早上沒事了，店我來顧就好，這陣子妳都快要比我累了。妳晚上不准再睡在桌上，脊椎都要變形了，累了就去床上睡有沒有聽到？」

我笑了笑，「聽到了。」繼續幫客人包裝奶茶。

「朱立湘！現在馬上 right now！」以為樂晴會就這樣放過我，但沒有，她雖然累，記憶力還很好。

我一臉無奈地看著她。

「妳要自己去，還是我叫孫大勇押妳去？」樂晴下了最後通碟。

「我自己去。」我很認分地把杯子放下。

她揚起勝利的笑容，「收據要拿回來，我要檢查。」

連最後一個把戲都被她識破。

本來真的打算回家繼續工作，假裝去回診過就好，但現在真的得要去一趟才行了。我只好喪氣地回家拿錢包和健保卡，剛好聽到沒關機的電腦裡傳出收到信的聲音，我打開看，一封是那間不放棄挖角的自由設計，一封是吳經理看到我昨天傳過去的設計稿，來信說有幾個問題想約我見面討論。

既然如此，就和她約在今天吧，但不可以是上次那間星巴克。

我會怕。

拿了資料和包包，我下樓出門。陽光好大、好曬，但好溫暖。我坐上公車，看著車窗外明亮的街景，突然想起耀然學長的臉。我總是會在心情很舒服的時候想起他，接著想起那些過去，自己煞自己風景。

「為什麼妳來回診沒有跟我說？」

我馬上回頭，以為紀東炫又坐在我後面。但並沒有，公車上除了我，只有博愛座上的另一個老婆婆而已。我竟對紀東炫的聲音產生幻聽，這段日子，他到底是怎麼荼毒我的耳朵的？

他真的是一個奇怪的人，每天都沒事做的樣子，準時十點半出現在早餐店吃早餐，然後邊吃邊打電動，跟大勇一樣。而大勇現在把他當成神一樣崇拜，每天都在樂晴的耳朵旁讚頌紀東炫的戰績，然後再被樂晴揍。他們的生活情趣總是跟一般人不一樣。

紀東炫總有很多的話可說，從路邊的草說到天上的雲。我沒理過他，但他的嘴就沒有停過，我曾經吐在他身上，他可能想要懲罰我吧！

第一次，腦子裡面想到除了耀然學長以外的男生，還想了這麼多，差點就坐過站。

下車後，我走進診所，拿了健保卡掛號後，拿著掛號單，邊收包包邊走到診療室外的椅子旁，準備坐下等著。結果一抬頭，紀東炫已經坐在那了，而且還坐得好好的。

我狠狠地被他嚇一跳，還揉了眼睛，確定不是自己的幻覺。

他對我笑一笑，沒有說什麼，只是一臉驕傲地看著我，好似在說我逃不出他的手掌心一樣。我坐到離他最遠的位置，包包裡的手機傳來震動，我接了起來，是樂晴打來的。

「妳到了嗎？有看到紀東炫嗎？他剛跟在妳後頭，說他要陪妳去。」樂晴說著。

「看到了。」其實是嚇到了。

「那就好，結束後早點回家，晚上吃薑母鴨補一補。」

「好。」

電話要掛掉時，樂晴又加了一句，「約一下紀東炫，看在他還滿照顧妳的分上。」

他哪裡照顧我了？

「朱立湘小姐。」聽見護士小姐的叫喚，我趕緊收好手機，走進診療室。

醫生拆開包紮，看著我的傷口，很滿意地點了點頭，「趾甲長出來了，看起來恢復狀況還不錯，有在用心照顧喔！」

「謝謝。」我緩緩說。

句點王又讓氣氛變得沉默。醫生清了清喉嚨，「反正人生就跟趾甲一樣，拔掉都可以再重來。」

護士小姐尷尬地看了我一眼，原來我不是句點王，醫生才是。

看診完，我走出診療室，到櫃枱結帳和拿藥。紀東炫就這樣跟著我，「醫生怎麼說？需要再來看嗎？」

「不用。」我說。

他也沒有再多說什麼，走在我後頭，有一搭沒一搭地說著。走了二十分鐘，到了我和吳經理約定好的小咖啡店，我轉頭面向他，還沒開口，紀東炫已經搶先一步，「我知道妳有約。」

這次很識相。

我走進咖啡館，吳經理坐在最裡面的位置，看到我進來，起身對我搖了搖手，我也給了她一個微笑。

結果我一坐下，就看到紀東炫坐在我的隔壁桌。我驚訝地看著他，他看了我一眼，什麼表情也沒有，自顧自地拿起手機就滑起來。

「怎麼啦？」吳經理問我。

「沒什麼。」我把注意力拉回來，沒時間花在紀東炫身上。

接下來的時間，我和吳經理討論著商品製作上的一些問題，偶爾會瞄一下隔壁桌的紀東炫。他依然專心地看著手機，耳機也戴著，眼睛好像要射出激光。

「那就這樣吧！辛苦妳了，讓妳改那麼多次。」吳經理看著我說。

我相信接下來還會改上好幾次，設計師聽膩的謊言就是，「再改最後一次試看看。」

「那今天就先這樣。」我說。

「好，那我先回公司，後天要帶小孩出國，這兩天忙死了。」吳經理笑著說，但眼神滿是幸福，忙碌看起來是一種甘願，讓我很羨慕。

我也起身，「好，謝謝妳。」

我整理好桌上的東西，和吳經理一起走到門口，道再見後，她先離開了。我轉身，紀東炫依然站在我身後。他如果沒有工作，我真的建議他可以去應徵保鏢。

「你都沒事做嗎？」我忍不住問了連歐巴馬都想知道的問題。

他一臉理所當然地說：「沒有啊。」

我被他的回答嚇到，然後深呼吸了一口氣，「沒事做，也不需要跟著我。」

「我只是順路。」他說。

好吧，我們兩個人的對話無法調到同一頻率，那就別再說了。我回過頭，伸出手要感應自動門時，自動門已經開了。我習慣性地往後退一步，紀東炫就緊貼在我後面。

而我面前離我三步距離的竟是耀然學長。

他原本和後頭跟著的朋友聊得正開心，轉過頭一看到我，他愣住了，我看到他也愣住了。

越想要逃開，卻越是逃不開。不一樣的咖啡店、不一樣的日子、不一樣的心情、不一樣的結果，上次避掉了，這次正面迎上。

從腳底板上傳來的涼意，讓我全身開始發抖，想逃離現場。

我沒有經歷過重逢，我不曉得這竟會如此沉重。電視劇上演出的情緒激動是有的，但心裡有的是更多的是不安，發生那件事之後，學長要用什麼方式面對我？

當你知道一個人受過傷，你在面對他的同時，也在面對他的傷口。沒有人喜歡處理別人的傷痕，該關心或不關心也是壓力的一種，所以十幾年來，我不讓自己有遇到他的機會，我不想要學長看到我就有壓力。

可是，老天爺現在不知道在懲罰誰。

短短的三十秒，同時有三千種想法從我腦中竄過，耀然學長會假裝不認識我嗎？他會想見到我嗎？過去的十幾年，他有沒有曾經想過我？有沒有想過會再遇見我？

「立湘……」我沒想到耀然學長會這樣喊了我的名字。

我的眼淚突然掉了出來。因為好想念，因為好好聽，因為好喜歡。他一直在我心裡，始終沒有離去，我只是不停的用時間和各種理由來掩蓋，始終徒勞無功。

原來一直喜歡，就會一直忘不掉。

但只有喜歡是不夠的，要能繼續喜歡下去，需要資格。

我沒有資格。

「你認錯人了。」我伸手擦掉眼淚，拔腿就跑。我不是軟弱，我是認清事實。

我用盡全力跑著，跑到喘不過氣來，跑到昏天地暗，跑到腳趾傳來刺痛。我不知道能跑到哪裡，我只知道我得用力跑，才能逃離這個尷尬的情況，可以不用面對這一切。

跑到腿軟，我整個人狠狠地在人行道上摔倒，手掌好痛、膝蓋好痛，全身都好痛。我站起身想要再繼續跑，卻突然有人拉住我。我用力瘋狂地掙脫，害怕下一秒會出現耀然學長的聲音。

「妳幹嘛啊？」幸好是紀東炫。

我又慌亂又緊張地看著他，看著在一旁對我指指點點的路人，再看著周遭的這一切，當我發現沒有看到耀然學長時，鬆了好大一口氣。頓時我全身虛脫癱軟，紀東炫及時扶住了我，驚嚇蓋過了身體觸碰的噁心感，我像漂在海上找到浮木一樣，他沒讓我沉下去。

紀東炫一把抱起我，走到一旁公車站的座椅上。我不知道他在對我說什麼，腦子裡現在浮現的，只有剛剛和耀然學長重逢的衝擊。我眼神空洞地流下眼淚，想起耀然學長剛剛看著我的眼神，和事發那天他看著我的眼神……

一模一樣。

那天是學校校慶，我下定決心等所有活動結束後，要向耀然學長告白。暗戀了他將三年，起初我只要能看著他就好，後來更貪心地想擁有他，我想和學長手牽手談戀愛。

但我還來不及告白，就被人推進垃圾回收場旁的廢棄教室，我從傍晚喊到深夜，沒有人來救我。

我看著時間越來越晚，我也越來越恐慌，不由自主哭了起來。我瘋狂地拍打著窗戶，玻璃被我打破，手流了很多血，但沒關係，總是一線希望。可是看到碎玻璃外的鐵窗，希望變成絕望。

教室的燈壞了，我在完全黑暗的環境裡哭喊，誰來救我？

不知道喊了多久，回應我的仍是安靜的一切，我喊累了哭累了，蜷縮在牆壁旁睡著了。後來，一陣窸窣聲吵醒了我，下一秒我聽到了開門的聲音。我小心翼翼喊著，「智維？」我以為是我高中死黨之一的智維。

但不是他，因為我喊完之後，那個人朝我的方向撲來，他先是抓住了我，我瘋狂的抵抗，他更用力箝制我的雙手，開始扯著我身上的衣服。我沒有這麼害怕過，不管我如何抵抗，那個人都不肯放過我。

好幾次試著跑掉，卻被抓回來，最後一次的掙扎，黑暗裡我不知道撞到了什麼，頭很暈很痛，我沒有力氣再反抗，全身是傷的我，虛弱地昏了過去。

再次醒來，已經天亮了。

當我睜開雙眼，看到耀然學長就坐在我身旁。我驚訝地看著他，他看著我，眼神裡有好多話要說，但他一個字都沒有說。我緩緩坐起身，身上的衣服漸漸滑落，耀然學長緊張地拉住蓋在我身上的衣服。

我疑惑著他的舉動，往自己身上看去，發現自己全身赤裸，身上只有耀然學長的外套，身旁散落著扯壞的衣服。昨天晚上昏過去之前的回憶，在我腦海裡重演了一次，最後發生什麼事，我不知道，但現在我知道了。

「立湘……」耀然學長喊了我的名字。

我開始崩潰大哭，為什麼發現我的是耀然學長？為什麼是他！為什麼會是我最喜歡的人看到我最悲慘的模樣，我不能接受，我完全不能接受，我不能接受他看著我的眼神裡面有同情。

「不要看我！拜託！」我哭著說。

「立湘，妳不要這樣。」耀然學長試著安慰我，伸手想安撫我。

「不要碰我！不要看我！」我哭著大聲喝止，學長愣了一下，收回他的手。

腳步聲快速地傳來，從門口走進來的是哥哥，還有好友瑩瑩。

「天啊，立湘！」瑩瑩一臉不可思議地看著我，快步走到我身旁緊緊抱住我，「不要哭，不要哭，我們在這裡，我們來救妳了。」她的安慰，讓我泣不成聲。

瑩瑩也知道我要對學長告白，現在卻變成這樣。

哥哥一臉嚴肅又心疼，一句話都沒有說，立刻脫下身上的衣服，覆在耀然學長的外套上，緊緊地包住我，然後一把將我抱了起來，輕聲在我耳旁說：「我帶妳回家。」這一句話讓我在他懷裡痛哭。

走出門口時，哥哥回頭對耀然學長說了一句謝謝。

我很想再看耀然學長一眼，但我不敢，我只能躲在哥的懷裡哭著，而這是我最後一次見到耀然學長。

因為，後來我生病了。

我不吃不喝，天一黑就渾身發抖，任何黑暗的空間都能讓我失控。媽媽看到我就哭，爸爸看到我就一臉無奈，哥哥總是在跟我說話，卻從未得到我的回應，學校也從請長假變成休學。

每個醫生說的病情都不一樣，但每一位都說要長期觀察，要注意情緒不能起伏太大。

我覺得醫生好沒有創意，治療不好就說要長期治療，醫生開了很多藥給我吃，吃了我才有辦法睡覺。

後來家裡的氣氛太過沉重，媽媽希望我得到更好的治療，於是把我送到台北阿姨家，希望我換個環境會好一點。這樣似乎有點用，當我忙著害怕面對新環境時，過去的傷痛，也就會忙得來不及想起。

我開始重新回到學校，爸爸花了大筆錢把我送進私立學校，我從不留到第八節，每天第七節準時下課，阿姨會直接在教室門口接我。假日要接受心理治療，所以從不參加同學聚會，因為這樣，我在後來的學校沒有朋友，而我也不需要朋友。

有一次，不小心聽到阿姨在電話裡跟媽媽抱怨沒有自己的時間，每天都要這樣照顧我很累，於是上大學後，我決定自己搬出來住。爸媽很用心地幫我找了一間高級住宅，每個月費用是五萬塊，保全森嚴、環境良好。

搬家那天，媽媽出了車禍，爸爸和哥哥去了醫院，所以我自己搬家。沒想到房東因為投資股票賠了很多錢，把房子賤售跑了，新房東不認租屋合約，於我再次提著行李離開，不知道要上哪去。

那時天快黑了，我的呼吸也越來越急促，我在附近徬徨時，遇到了明怡和依依，她們二話不說把我撿了回去。

這十幾年來，我偶爾會想起耀然學長，那個我深深喜歡過的人，那個看到我最狼狽時刻的人，卻從來沒有想過會再遇到他。

但，我遇到了。

卻再一次狼狽地遇到了。

❤ 老天爺很愛開玩笑，但祂沒有幽默感，祂的玩笑，總是很難笑。

第四章 所謂的面對，就是讓現實狠狠打你一巴掌

眼淚好像流不完一樣。

就跟苦痛一樣，沒有盡頭。我厭倦自己一直不停地悲傷，不停地處在這樣的情緒裡，真的很煩，真的很累，我不是故意要把自己活得這麼可憐，我很努力，真的，我好努力。

卻總是功虧一簣。

我試著融入這個世界，但世界總是拋棄我。我不能發火也不能生氣，哥哥說比我慘的人多的是，這我都知道。而我也羨慕那些擁有正常生活的人，為什麼我不是他們的其中一個？

可以好好地愛一個人，也可以好好地被愛。

眼淚在我的臉上乾了，風吹在臉上，皮膚有點緊繃，我的鼻子整個被鼻水塞住，只能

用嘴巴呼吸，接著，連喉嚨都乾了。刺痛感讓我忍不住吞了口口水，我才回到現實世界。

回過神，我看到紀東炫就蹲在我面前，滿臉鬍渣。我無法看清楚他的表情，但我覺得很安心，因為看不清楚，所以我不用解讀他的表情。

他沒有說話，就這樣看著我。我們相視了很久，可是我的腦子是空的，這樣看著一個男人發呆，不是會發生在我身上的事。

他突然站起身，然後馬上跌倒在我面前。我嚇了一跳，心裡想去扶他，身體卻無法反應，他摔在地上，發出嘶嘶聲，「啊嘶……我的媽啊！我的腳好麻。」然後用手猛揉著自己的腿。

看他跌在地上，我對他感到有點愧疚。是我害他的，如果他沒有跟著我，就可以不用管我，就可以不用蹲在我面前這麼久，腳還血液循環不良。

我努力地要自己起身去扶他，只是沒想到維持同一動作太長時間，我艱難地起身，也在瞬間腿軟地跌倒了，還狠狠跌在他身上。紀東炫哀嚎一聲，我用力地把自己移開。

「妳看起來很瘦，但其實很重耶。」他撫著自己的腰，一臉痛苦地說。

我坐在他旁邊，看著他痛苦的樣子，也只能對他說：「對不起。」

他勉強站起身，也把坐在一旁的我扶起來，幫我拍拍身上的灰塵。我急忙閃躲，「我可以自己來。」我說，伸手拍著牛仔褲上的印子。

紀東炫就這樣站在旁邊等我拍完。我抬起頭和他對到眼的時候，他對我說：「那換妳幫我拍。」一副隨便妳對待的模樣，看起來跟陳伯伯的孫子大寶年紀差不多。

但他不可愛，我忍不住苦笑了一下。

我訝異自己居然能笑，在看到耀然學長，狼狽逃走後，在哭到沒聲音後，我還是能笑。誰說我沒有進步，我真的進步了好多。

紀東炫見我沒有動靜，自討沒趣地自己拍拍褲子，接著問我，「要回家了嗎？已經晚了。」

晚了？

我這才注意到，我被黑鴉鴉的夜色包圍，腳底襲來一股涼意，全身毛細孔頓時張開，灰色空氣大量攻擊我的全身，我開始不停地打著冷顫。

紀東炫發現我又開始不對勁，走到我面前，大聲在我耳朵旁大喊，「惡靈退散！」接著罵了一堆超髒的髒話，「嗶嗶嗶嗶嗶，你有種就附身到我身上，欺負一個女人，算什麼英雄好漢？」

接著他滑開手機，開始撥放佛經歌曲，再用食指用力戳了我的額頭好大一下，我痛到撫著額頭，什麼涼意都不見了，有點生氣地對他說：「你在幹嘛？」

「妳卡到陰啊！」他說。

「我哪有。」我說，他簡直莫名其妙。

「沒有嗎？突然暴衝、突然大哭、突然憂鬱，然後剛剛跌倒，臉擦傷、手擦傷，我猜妳腳趾也應該又流血了，但妳好像都不會痛耶，妳好像都沒有感覺耶，我如果騎腳踏車輾過妳的腳，妳是不是都不會有反應？」他分析得頭頭是道，讓我覺得自己好像卡到陰。

他見我沒有回應，繼續認真地說：「還是……妳不是卡到陰，其實妳是乩童？附在妳身上的不是鬼，是神？」

我被他天馬行空的想法逗笑了，真真切切地笑了，想著他的描述，突然覺得卡到陰還滿好的，把我的所有狀況合理化了，我好開心，因為我不是有病，我只是卡到陰，我一直笑著，然後大笑出聲。

紀東炫的臉越來越嚴肅，嘴巴閉得好緊。原來我笑才能讓他好好閉嘴，看到他困窘的模樣，我忍不住笑得更大聲。他好像見到鬼一樣，退後了幾步，拿起手機。

「喂，警察局嗎？」他說。

我嚇了一跳，跑去他旁邊，把手機搶了過來，急著要按掉通話鍵，卻發現上面撥的號碼是一一七，還傳出「嗶，下面音響七點三十九分十秒」的語音。我生氣地看著他，換他笑得好開心。

然後，我也笑了。

謝謝他，在今天把我逗笑了。不然我不知道今天該怎麼過。

笑完之後，我走到椅子旁準備拿我的包包時，腳趾的刺痛讓我皺了眉頭，倒吸一口冷氣。紀東炫直接走到長椅旁拿了我的東西，對我說：「我就不相信妳不痛，壞東西走了嗎？」

我笑了笑，伸過手想接過自己的物品。

但紀東炫搖了搖頭，把我的包包和繪圖筒掛到自己身上，轉過身背對著我，「上來。」

「我不要。」我說。

「上來。」

「我可以自己走。」我說。

「上來。」他蹲了下去。

我沒有理他，拖著刺痛的腳趾往前走。他快步走到我前面又蹲下，我越過他，他又快步走到我前面蹲下，就這樣重複了五次以上，次數多到我算不清楚。

「上來。」他的語氣跟一開始一樣，完全沒有不耐煩。

「我可能會再像上次那樣吐在你身上。」我說。

「上來。」他好像沒有別的話好說。

我瞪著他的背多久，他就蹲在我前面多久。我嘆了一口氣，認輸地爬上他的背，恐嚇他，「你不怕我再吐在你身上？」

「洗一洗就香了。」他樂觀地說。

他就這樣背著我，什麼都沒有問。他雖然很愛說話，卻會在關鍵時刻讓我安靜。他的體溫傳到我的身上，這樣的碰觸通常我早該吐了，這時竟然一點都不想吐，還覺得在微風吹拂下有些溫暖。

「你真的很堅持。」我說。

「沒辦法，要贏堅持的人，我就得更堅持。」他話中有話，我在他背上笑了笑。

他把我背到最近的藥局，藥劑師很善良地幫我擦了藥，每擦一個傷口，紀東炫的眉頭就更緊一點，全都擦好之後，紀東炫感到很不可思議地問我，「妳真的都不痛嗎？」

「痛啊。」我說。

「那妳也叫一下啊。」他說。

「忍一下就過了，為什麼要叫。」

「因為爽。」他馬上回答我。

我看了他一眼，他開始用他的紀式風格解釋著，「痛就是要叫出來才爽啊！痛已經很可憐了，幹嘛還要忍耐讓自己更可憐。」

歪理。

他要幫我結帳時，我急著想從掛在他身上的包包拿出錢，但他動作很快地付完了費用，又走到我前面蹲下，「上來。」

「我先拿錢給你。」我說。

「不用，才幾百塊。」

「不行，你沒有工作，我不能占你便宜。」

「下次給。妳快上來，我腳快麻了，不要說妳要自己走，剛那個阿姨都說妳腳趾頭在發炎了。是不是啊？漂亮的阿姨？」他邊說還邊問藥房櫃枱的阿姨。

阿姨笑著點了點頭，「對啦，小姐，阿姨跟妳說，有人要背的時候，就盡量讓他背啦！不然等到我這個年紀，每天想要給人背，都沒有人要背我耶。」

阿姨說完還對我眨了眨眼，示意我快點過去。

我只好趴上了他的背。紀東炫要離開之前，還好好讚美了阿姨一番，兩人有說有笑，搞得好像認識好久一樣。他真的滿隨便，不，說好聽一點，是隨和。

他背著我走到藥店外，準備攔計程車回家。等待時，我終於忍不住問他，「你到底為什麼要這樣跟著我？」

「沒事做啊。」又來了。

「我說真的。」

「我也跟妳說真的啊。」他說。

鬼才相信，我開始掙脫著要下來，紀東炫怕我摔跤，急忙說：「好啦，好啦！是我好奇啦！」

我停止掙扎，「好奇什麼？」

「好奇妳是在怕什麼啊！每次看到妳，都覺得妳是不是欠了誰高利貸，怕人家追債，所以耳朵和身體都好像雷達一樣，怕人家碰妳，怕人家跟妳說話，怕人家和妳太靠近，不知道是在怕什麼！」

「所以妳到底是欠了多少債務？」他轉過頭看著我說。

我愣住了，不知道該怎麼回答。

幸好，很快就有計程車來了，他把我放上車後座，坐到前座，向司機報了家裡地址。一路上他就沒再說什麼，戴上耳機玩手機遊戲，而我則是想著他說過的每一句話，都是對的。

從來沒有人對我說過這些，他們只是默默忍受我怪異的行徑，卻不會對我說我這樣到底有多奇怪。

我想，我們都需要一個會說真話的朋友，才能隨時隨地知道自己有沒有偏離軌道。我看著紀東炫的後腦杓，不確定他是不是已經成為我的朋友，因為這十幾年來，我從未交過朋友。

而樂晴她們，是家人。

到了家門口，紀東炫堅持背我上去。和他交戰過，我知道自己勝算不大，很認分地上了他背，讓他背我上樓，到了家門口時，他輕輕放我下來，把包包和繪圖筒掛到我身上後，他從脖子上拿下一條平安符，直接掛在我脖子上。

「這我奶奶給我的，說可以避邪，希望妳不會再卡到陰。」他一臉驕傲的神色，好像他能長這麼大，靠的就是這個平安符一樣。

我本來想拿下來，但他太過真摯，我不好意思讓他失望，於是我不再拒絕，平安符就這樣掛在我的脖子上，他很滿意地看著我點了點頭。

我從包包裡拿鑰匙準備開門時，門突然被打開了。哥哥、樂晴、依依、明怡、尚昱哥和大勇排成一列正要衝出來，伴著樂晴的聲音，「季陽，我們樓上那位紀先生跟立湘一起，所以你不要太擔心，我們去找……」

我被他們嚇了一跳，他們看我在門口也嚇了一跳，樂晴的話也停住了。

一群人愣住了差不多五秒後，哥哥生氣地對我大吼，「朱立湘！妳在搞什麼鬼？為什麼不接手機？妳知道大家都在找妳嗎？妳可不可以不要這麼自私？妳可以不可以多考慮一下別人？」

我第一次看到哥哥這麼生氣，眼神對我這麼失望，我覺得非常難過。

「季陽，好了啦！回來就好了，而且現在也才九點半，其實也不是很晚。」依依對著哥哥說。

「立湘，妳的臉怎麼了？」明怡走到我面前，看著我臉上的擦傷問著。

站我身後的紀東炫開口幫我解釋，「她看完醫生，再和客戶談完後，已經五點多了，我們要去公車站的半路上，有一隻瘋狗衝出來要咬我們，我們在逃難的時候，不小心跌倒了，然後你們也知道，她耳朵很硬，要她去擦藥，要拜託個十八次才肯去，等我們再坐車回來就這個時間了。她被嚇到了，所以忘了打電話回來說一聲。」

我轉頭看著紀東炫，他得意地對我眨了眨眼。

「天啊！什麼狗這麼凶，立湘，妳有沒有怎樣？」樂晴也走到我面前，擔心地看著。

「我沒事，不好意思，讓你們擔心了。」

「沒事就好，立湘，誰叫妳平常太乖了。妳原本門禁是六點，現在突然晚回來，嚇到大家了。」尚昱哥打著圓場。

「好了，好了，都進來了，在門口幹嘛？薑母鴨等我們很久了，走吧！趕快進來吃。」樂晴牽著我準備進門，又突然轉頭對著紀東炫說：「你也一起來吧！謝謝你陪我們立湘。」

「對啊對啊！再多跟我說一些五路祕訣啊。」大勇熱切地邀約紀東炫，應該是說緊拉著不放他走。

「孫大勇，你是有多想死？」樂晴吼了大勇一聲，他閉上嘴，默默走了進去。

「進來吧。」我說，紀東炫點了點頭。

接著我要走進門時，大家全都一臉不可思議地看著我。我知道說這句話很不像我，但我真的很感謝紀東炫，尤其是今天。

我看著哥哥，他對我仍然有點生氣，我知道這一陣子讓他擔心太多。

哥哥別過頭，走了進去，樂晴扶著跛腳的我，「想說都好多了，這下又變得更嚴重。妳這幾天都好好給我待在家，不准出去。」

我微笑著點頭答應。

餐桌上，哥哥生著悶氣不說話，東西也吃得很少。坐在他旁邊的紀東炫好像幾年沒吃過東西，很認真地吃著。

「紀東炫？」樂晴突然叫他。

他抬起頭看向樂晴，「嗯？」

「你手機號碼幾號？」樂晴問。

紀東炫快速地把號碼唸過一次，然後繼續吃飯。樂晴和大勇立刻拿起手機輸入電話號碼。樂晴輸入完畢，伸手拍了大勇後腦杓一下，「你對電動的熱情可以用在別的地方嗎？」

大勇無辜地對著樂晴說：「有啊，妳身上。」

「孫大勇，你好不適合說這句話，我不舒服。」依依吐糟了大勇，我忍不住笑出來。

紀東炫突然夾了鴨腳到我碗裡，「吃腳補腳。」

「我不敢吃。」然後把鴨腳夾給尚昱哥，這是他的最愛。

「那吃翅補手。」他又夾到我碗裡。

「我不喜歡。」我哥最愛吃翅膀，我把鴨翅夾過去給他，然後抬起頭告訴紀東炫，「不要夾鴨頭給我。」現在知道他的邏輯，我想，接下來他會說什麼吃臉補臉。

「You know me.」紀東炫笑著說。

我沒理他，但大家對我們的互動感到新鮮又好奇，他們心裡現在一定很崇拜紀東炫能這麼快就跟我混熟，而且還是好熟。

「紀先生，你是什麼時候搬到樓上的？」依依先發問。

「叫我阿炫就可以了，半個月前吧！」

「你跟立湘一樣，也是在家工作嗎？」樂晴接著問。

「不是，我現在沒工作。」他驕傲地說著。任何一種在社會裡不被多數人認同的行為，他說起來都好理所當然。

「只有你一個人住嗎？」明怡也加入戰局。

「對。」

「塔要怎麼打，可以更快？」大勇也發問，差點被樂晴叫去客廳罰跪。

哥哥轉頭打量紀東炫，面無表情，然後再看了我一眼，沒有食慾似地放下筷子，「你們吃吧！我明天早上有重要的庭，要回去整理資料。」然後起身拿了外套。

「還是幫你打包一點，還有麵線，可以帶去公司吃。」樂晴熱心地說。

「謝謝，還是不用麻煩了。」接著拿了公事包準備離開。

我想要去送他，但還沒來得及起身，哥哥一轉頭就對我說：「妳坐下。」五秒後消失在門口，我看著他的背影，覺得很失落也很抱歉。

坐我在我旁邊的依依握了握我的手，她知道我在想什麼。我給她一個微笑，謝謝她的打氣。這頓飯吃了很久，大家和紀東炫聊得很開心，他總是隨時能和別人打成一片。

這時，也才知道他和家人不怎麼聯絡，因為不親近。時間久了，他也習慣自己過生活。這個世界，不是每個家庭都幸福美滿的。他很樂觀地說：「我喜歡自己現在的生活就夠啦！」然後吃掉半鍋薑母鴨。

我想，我有一點點崇拜他。

等到送走他時，已經晚上十一點半了。

我緩慢移動，回到房間，燈已經是亮著的。依依站在門口對我說：「妳哥開的，說這樣妳回來才不會害怕。」我回過頭看著依依，她繼續說：「不要怪季陽，他太愛妳了，才會這麼生氣。」

「我知道。」我說。

依依走進來摸了摸我的頭，「可是立湘，我好喜歡妳今天的樣子，看到妳和紀東炫鬥嘴，陪著大家一起笑，我第一次這麼深刻感覺妳在我們的世界，而不是一直活在妳自己的世界。」

我以為我的世界裡有她們，沒想到，其實她們根本沒有進來過。

「對不起，也讓妳們擔心了。」我說。

「我們之間最不需要說的就是對不起，妳到底對不起我們什麼了？身為妳的朋友、姊妹，我們本來就願意無條件陪著妳。就像我難過時，妳也隨時陪著我一樣，妳覺得我需要對妳道歉嗎？」

我搖了搖頭。

依依笑著繼續說：「心甘情願的付出，要的從來都不是感謝或是道歉，而是對方開心。我們在乎的，都只是妳快不快樂而已。」

我感動地點了點頭。

「有事要說，大事小事都沒關係，我們能幫得上忙當然最好，但如果不行，至少知道妳的狀況，我們會安心得多。」依依看著我，我知道她很想幫我，也很想知道到底發生什麼事。

但過去的事，我說不出口，可是未來的事，我會努力。

「我知道，謝謝妳。」我說。

依依微笑，揉了揉我的頭髮，「好好休息。」接著轉身離開。

我坐在床上，拿出那兩張照片看著，腦海裡好像什麼都想了，卻也好像什麼都沒有想。我的心情意外地平靜，或許我是被紀東炫說服了，我沒有病，我只是卡到陰。

卡到耀然學長的陰。

就這樣看著這兩張照片，發呆了一整晚。

再次醒來時，已經天亮了，天花板上的燈也關上了。我抬起頭看著牆上的時鐘，已是早上十點半。我坐起身，看著工作桌上放了早餐，我想是樂晴進來過。

我到浴室刷牙洗臉後，把那份早餐全部吃掉，稍微整理一下工作進度，再刪掉自由設計的網羅信。不知道從什麼時候開始，這也變成日常工作之一。想起了紀東炫說的，「要贏過堅持的人，就是要比對方更堅持。」

我和這封信的對決，到底誰會贏？

整理好，我從皮包裡拿了哥哥的名片，看著他事務所的地址，用手機查詢了一下要怎麼搭公車，我就換了衣服出門。

雖然昨晚發呆，但我仍然好好思考了正事，我決定去向哥哥道歉，不能再這樣下去了。道歉沒有什麼難的，我摸著掛在脖子上的平安符，有這個後我就不會卡到陰了。

拿了包包打開門走下樓時，紀東炫剛好正要上樓。

「樂晴不是說妳都不能出去嗎？」他臉上寫了「妳不乖」三個字。

「去找我哥。」我說。

他想了一下，點點頭，然後對我說：「手機拿來。」

我好奇地把手機遞給他，他迅速儲存好他的號碼，再把手機還給我，「注意安全，太晚我可以去接妳。」

「謝謝。」我說。

但老實說，在他輸入號碼時，我滿腦子想著的，都是如果他說要跟我去，我要怎麼拒絕，但他今天居然沒有想跟，我好意外。

「不客氣。」他對我笑了笑，就踩著階梯，哼著我沒聽過的歌往樓上去。

他每天都心情很好的樣子。

我也想像他一樣，於是學他踩著輕快的腳步出門。但沒有辦法，今天的腳趾雖然沒有昨天痛了，行動仍然無法很快，只好慢慢走，先走到巷口的早餐店告訴樂晴一聲。她驚訝又擔心地說要陪我去。

我拒絕了，向她保證手機有電，而且沒有轉靜音，兩個小時會回報一次行程，她才放我離開。

轉了幾次車，我來到哥哥事務所的門口，深呼吸了幾次，才有力氣走進去。接待人員好奇地看著我，走到我面前問，「小姐，請問有什麼事嗎？」

「我想找朱季陽。」我說。

「有預約嗎？如果沒有事先約好，就沒有辦法喔，他正在忙。」接待人員說著。

「沒關係，我等他。」

接待人員表情有點為難，「恐怕不方便，還是小姐妳方便給我大名，我進去問一下朱律師……」

「立湘！」哥哥的聲音從後頭傳來，我回過頭去看他。他一臉驚訝，世界級的那種驚訝，快步朝我走來，「妳怎麼來了，發生什麼事了嗎？」他好像怕我出大事的樣子。

「沒有，只是有話想跟你說。」我看著哥哥，不自然地說出口。

哥哥把我帶到他辦公室。我環顧四周，幾乎要被書和資料佔滿。辦公桌上有吃了一半的泡麵，還有咬兩口的三明治，一旁還有毛毯枕頭睡袋，哥哥開業四年了，我從沒有來過，沒想到他這麼辛苦。

我有點心疼地把手上的水煮玉米和咖啡遞給他，「不要吃那麼多垃圾食物。」

哥哥再一次驚訝地看著我。我這個妹妹真的好失敗，買個東西給他吃，居然嚇到他了。他難以置信地接了過去，看著袋內食物，抬起頭開心地說：「是玉米！」

我點了點頭。小時候，媽媽都會在我們放學時做水煮玉米給我們當點心，我們常為了搶玉米吵架。其實我並不特別喜歡，只是想跟哥哥搶。看他生氣，會讓我很開心。

不管在哪一家，兄妹的爭吵本來就都很無聊。

「哥，對不起。」我突然很快地說。

哥哥愣了一下，不在意地表示，「我不記得有發生什麼。」

我笑了笑，謝謝他的大量。

「妳自己過來？」哥哥問。

「嗯，搭公車。」

哥哥很滿意地點頭微笑，「有空可以常來，我們事務所附近有很多好吃的，我再帶妳去吃。」

「好。」我毫不猶豫地答應，接下來，我真的會很常出來走走。

哥哥被我的回答又嚇到一次，我問他，「需要帶你去收驚嗎？」

「妳現在是在說笑話嗎？」他嚇得非常不輕。

我笑了笑，「對，不好笑嗎？」

哥哥笑著摸摸我的臉，「很好笑，超好笑，笑死我了。」我想真的很好笑，因為兩個人就這樣莫名其妙地笑了十分鐘。

能和哥哥這樣一起笑著，真好。

「走吧！我帶妳去吃點東西，再送妳回去。」哥哥拉著我，準備出門。

「我想回家。」我朝哥哥的背影說。

哥哥回過頭看我，我知道他一定覺得我今天很奇怪，他一定覺得我今天這樣才是卡到陰。平常要我回家一趟就要死要活，三請四請，我屁股連移都不會移動零點一毫釐，過年過節全家吃飯，要不是在新竹找餐廳，就是他們來台北找我，我對那個充滿過去回憶的家有陰影。

我並不是馬上就這麼勇敢能夠面對了，而是抱著一種能面對多少算多少的心態。一次面對不了，那就十次吧！就像紀東炫那樣，一次沒煩到我，十次就成功地煩死我，想到他，我忍不住往門口看去，總覺得他會站在那裡。

但還好沒有，因為這樣發展下去就是鬼故事了。

「妳確定要回家？」哥哥再一次跟我確認。

我用力點了點頭。

他看著我，遲疑了很久後才說：「嗯，那走吧！」

上車後，我看著窗外風景，哥哥突然問我，「妳跟那個紀東炫很熟？」

「沒有……」大概吧？我自己也滿疑惑的。我不知道怎麼定義熟不熟，但我知道的是，他對我不再只是陌生人就是了。

哥哥若有所思地看了我一眼，沒有繼續追問，開始很專心地開車。

不知道是不是害怕我會臨時反悔，他開得非常快，不到五十分鐘，我們就在家門口了。他快速停好車，然後轉過頭看我，深怕我會對他說：「走吧，我們還是回台北好了。」

我看著哥哥，他頭上多了幾根白頭髮。我當然不會矯情地說他都是因為煩惱我才這樣，他煩惱的事情可多了，工作、員工、爸媽，喔，還有追不到明怡，不過裡頭至少會有一根是因為我。

現在開始當個好妹妹，還不晚吧！

我什麼都沒說，伸手打開車門下車，緩緩走到家門口，想到耀然學長都會站在這裡大喊著哥哥的名字，兩人再一起去漫畫店，或是在這裡和我相遇，習慣性地摸著我的頭，和我打招呼。

回憶快速飛過，我深呼吸了一口氣，讓它也快速地走過。

我打開鐵門，走了進去，家裡的味道馬上充滿我的鼻間，好安心，也好傷心。哥哥跟在我身後，深怕我有什閃失，回來自己家搞得跟媽祖出巡一樣。

看著熟悉的客廳，最愛的餐桌，這裡有好多太美的回憶，我跟媽媽的、我跟爸爸的、我跟哥哥的、我跟大家的，我卻因為害怕想那段過去，而選擇全都忘記。我這陰還真卡得有點久。

「立湘？」媽媽有點顫抖的聲音從某處傳來。

我回過神，轉過頭去，她正從房間走出來。看見我站在這裡，十分難以置信，三秒後流下了淚水。

哥哥緊張地過去安撫媽媽，而安慰人完全不行的我，只能呆站在原地，什麼都做不了。

「媽，妳幹嘛啊？」

媽媽沒有理哥哥，走到我面前，激動地拉著我的手，眼淚猛掉，一句話也說不了。我看她如此難過，心裡只有一個想法，那就是我真的很糟糕。

爸爸聽到聲音，也從房間走出來，看到我在家，也跟看到鬼一樣。

「媽，我想吃燉牛肉。」我說。

媽媽猛點頭，結結巴巴又哽咽地說：「好，媽馬上去做，晚上就留在家吃飯，我我我去買菜。啊，不用不用家裡還有菜……」

「媽，我可以幫妳。」我說。

「不用，妳去坐著，媽馬上去做，妳等等我。」然後媽媽馬上衝進廚房，我開始聽到鍋碗瓢盆的各種聲音。

我還是走進廚房幫媽媽，然後聽到爸爸不停地問哥哥：那是立湘嗎？

對，是我，朱立湘，我在心裡說著。

不過我沒多久就被媽媽趕出來了，因為腳受傷，我移動太過緩慢，在廚房很擋路，「妳以後看到狗就不要跑，妳越跑狗就越追妳，真的是傻傻的。」媽媽唸著我。

哥哥把紀東炫的那套說法搬來說給爸媽聽，他們也相信了。爸爸還一直問我狗在哪裡，他要去跟飼主理論，為什麼有攻擊性的狗還不綁好？我整個人哭笑不得。

難得一次在家吃飯，我們聊了很多，應該是說爸媽說了很多，我聽了很多，氣氛很好，大家都很開心。原來只要我回家，就可以大家都開心，這麼簡單的事，為什麼我現在才做？

整整吃了兩碗飯，媽媽做飯的實力被歲月訓練得更加進步，我吃到胃幾乎快炸開才拒絕媽媽的餵食。飯後，媽媽切了我最愛的芒果，我吃得很開心，爸媽就這樣看著我吃芒果，也笑得很開心。

「立湘，晚上要不要留在家裡睡？」媽媽小心翼翼地問。

我很抱歉辜負媽媽的期待，這一大步，我還需要一點時間。房間裡的回憶更多，我今天沒有力氣再承受。

「沒關係，下次再回來睡。」媽媽雖然覺得可惜，但並無損她今天的好心情。

「好。」我說。

爸爸欣慰地點了點頭。

「時間差不多了，別讓立湘太晚回去。」哥哥提醒著大家，他總是這麼貼心。

於是我在爸媽惋惜的眼神下，準備踏出家門。

「爸媽，你們就別出來了，我會常回來的。」我可不想回個台北好像要出國十年一樣，需要十八相送，而我相信媽媽一定會這樣，我不想要再讓她哭。

媽媽還想再掙扎，被哥哥制止，「媽，立湘只是回自己家，不用這樣送來送去的。改天我再帶她回來。」

「好啦，那你開車小心點。」媽媽妥協，把她手上那幾袋東西遞給我，「立湘，這些帶回去吃，不夠的話，隨時打電話給媽，我再幫妳做。」

我接了過來，「謝謝媽。」

媽媽欣慰地看著我，我告訴我自己，以後定要常回來。

哥哥走在我前面，出了家門後，他轉過頭對著我說：「天黑了。」

我點點頭，「對啊！」我已經沒有那麼害怕了，哥哥笑了笑，我也笑了笑，一起走到車旁邊。

「下次可以一起去看電影了。」哥哥提議著。

「明年試看看？」我說。

哥哥大笑，笑點好低，準備上車的時候，有人喊了哥哥的名字，我們兩個同時回頭，耀然學長就站在我們後面，他看著哥哥，再看著我，一直看著我，臉上表情似乎是在說：這次沒有認錯人了。

我緩緩低下頭，不知道該怎麼面對，下意識隔著衣服抓著平安符。

哥哥對我說：「妳先上車。」

於是我心跳加快地上了車，從後照鏡裡觀察耀然學長和哥哥不自然的重逢，他們生疏地交談著，有距離地看向彼此，禮貌性地笑著，兩個原本如此親密的朋友，因為我而不再聯絡。

我真的造了不少孽。

回不到過去的，不只是我，還有哥哥。他很快就回到車上，留下站在原地的耀然學長。學長表情漠然地站在原地，沒有人像他這麼無辜，只是救了我，卻要承受這些。

我對他真的很抱歉。

哥哥發動車子，經過耀然學長旁邊時，和他點頭打了招呼後，快速駛離。後照鏡裡耀然學長的身影越來越小，最後消失不見。我深呼吸一大口氣，才讓自己的心情平復。

哥哥開著車，不停轉頭過來確認我的狀況，我知道他在擔心我。「我沒事。」在他轉頭第三百次之後，我對他說。

「嗯。」他回答著，但這聲嗯裡聽起來有太多不相信。

我握著身上的平安符，把昨天晚上遇到耀然學長的事完完整整告訴哥哥，他越聽越驚訝，然後把車開到路邊。

「妳昨天為什麼不說，害我還凶妳。妳真的沒事嗎？沒有暈倒嗎？情緒還可以嗎？要不要陪妳去找王醫生看看？」哥哥抱歉地說。

我搖了搖頭，嘆了口氣，「不用了，真的沒有那麼嚴重，昨天那麼多人在那裡，我不知道怎麼說，而且我本來就該被你罵的。

「哥，我知道是因為我，你才不和……耀然學長聯絡的。」講到耀然學長四個字，嘴還是有點軟，「你是怕我會崩潰，但是現在我不會了。雖然我還不知道怎麼面對他，但是我可以處理自己的情緒，你不要再為了我失去什麼了。」

哥哥看著我，難過地說：「我從來不覺得我為了妳失去過什麼，對我來說，妳是最重要的妹妹，我和爸媽都只要妳好好的就好。」

「我知道，我會好好的，所以不要再介意我，我知道你和耀然學長的感情有多好，不要為了我而變成陌生人。」

哥哥看著我，為我的釋懷感到開心，他什麼都沒有說，只是摸了摸我的頭，微笑著開車繼續出發。到家後，哥哥陪我上樓，他在家門口對我說：「什麼都不要想，好好睡覺。」

我點了點頭，和哥哥道再見。走進門，樂晴和明怡正在客廳裡看電視，「回來啦。」樂晴邊削著水果邊對我說，明怡則是起身，走到我房間幫我開了燈。

「快去洗澡，等等出來吃水果。」明怡走過來我身旁說著。

我感動地看著她們，家裡有人幫我點燈的感覺，好讓人安心，「妳表情怎麼那麼奇怪？是腳趾又痛了嗎？」樂晴看著我。

我笑著搖了搖頭，然後慢慢走進房間。這時手機突然響了，螢幕顯示「親愛的東炫」。我笑了出來，紀東炫臉皮真的有夠厚，輸入的時候都不會臉紅嗎？啊，他不會，因為就算臉紅也看不出來，滿臉鬍渣。

我接了起來。

「妳知道一加一等於多少嗎？」他突然問。

「二。」不知道他又在搞什麼把戲。

「那妳知道現在總統是誰嗎？」他繼續問著奇怪的問題。

「有事嗎？打來問這個做什麼？」我好奇地問。

「確認妳今天有沒有卡到陰。看起來是沒有，聲音很正常，回答也很正常，OK，妳可以睡了，拜。」完全沒有等我回應，就掛電話了。

我笑了，出乎意料地，非常能接受他關心我的方式。

有些人就是不著痕跡地告訴你：是的，不用擔心，你的人生裡有我。

第五章

所謂的重生，就是過去摻合著未來，再用另一種方式開始。

接下來的兩天，我努力地趕著案子，而樓上的砰砰聲越來越大聲，也越來越常出現。本來還能勉強自己習慣，但當靈感出不來，再聽到這些雜音，心裡的煩躁達到最高點。

我忍不住拿起手機，這個月向外撥出的電話，第一次就獻了給了紀東炫。但他很不給我面子地轉接語音信箱。掛掉電話後，樓上又傳來砰砰兩聲。我沉不住氣地拿了手機和鑰匙出門，然後走到樓上，按著電鈴，卻一直沒有人來開門。

明明就在裡面。

突然，住在紀東炫對面的吳媽媽開門走出來。我嚇了一跳，停止按電鈴。而對於在這裡見到我，她感到萬分不可思議，愣了一下，才對我點頭打招呼，邊下樓邊看著我，還差點跌倒。

吳媽媽的身影消失在樓梯間，我又開始按起電鈴，但還是沒有人回應，在我放棄要離開時，門被打開了。紀東炫睡眼惺忪的模樣，一看到我，好像看到鬼似地驚醒，「妳、妳、妳怎麼在這裡？」講話還結巴。

「因為你好吵。」我說。

他根本沒有聽我回答，繼續結巴地說：「妳是不是又卡到陰？」

「你才卡到，這公寓已經很舊了，大家都知道隔音設備不好，動作都會放輕，可是你好吵，一直砰砰砰的，這樣我根本沒有辦法專心工作。」我一連串地說完。

「天啊！這是妳說過最多話的一次，唵嘛呢叭咪吽！」唸完還用手指大力戳了我的眉心。

我好久沒有生氣，謝謝他讓我記得生氣的感覺。我用力地把門關上，聽到他大叫一聲，我本來轉身要離開的，他卻又迅速開門拉住我。被他的舉動嚇了一跳，我動作很大地甩開他的手。

轉過頭想要罵他，卻看到他流了鼻血，一臉痛苦地看著我，我歉疚又有點慌張地趕緊把他拉進屋子，想要幫他止血。一走進去，我又嚇了一跳。

這不是家，根本就是某間倉庫，客廳裡有一台很大的電視，還有幾台電腦螢幕，和散落一地的各種滑鼠和鍵盤，旁邊疊了一箱箱東西，有的是打開的，有的還沒有被拆封。

打開的箱子裡，有些是書，有些是生活的雜物，地板上只有一張和式椅，和一張小桌子，放著一個被無數根菸塞滿的煙灰缸。我轉過頭去看紀東炫，不懂他是怎麼活下來的。

但他的鼻血提醒我，現在不是關心這件事的時候。我趕緊讓他坐在和式椅上，從地板上找出衛生紙盒抽了兩張，塞進他的鼻孔，讓他保持正常直立的樣子，我捏住了他的鼻梁。

「妳好熟練。」他說。

因為我之前也很常流鼻血。

「不要說話。」我說。

我一邊看了看四周環境，成語裡的家徒四壁，我總算見識到了。他真的過的很不好，我心裡這樣想著。他都能這麼樂觀了，為什麼我做不到？

我放開手，警告他不要亂動，然後走到浴室，想幫他拿毛巾擦臉，但浴室除了沐浴乳、牙膏、牙刷外，什麼都沒有。

「你不用毛巾嗎？」我好奇地問。

「有衛生紙。」

「洗髮精呢？洗面乳呢？」

「那一瓶就可以洗全身了。」他的語氣充滿驕傲。

我難過地把衛生紙打濕，幫他擦掉臉上的血漬，然後告訴他，「快好了，你先不要亂動，自己捏著鼻子。」他乖乖地照做。

他房子的格局只有樂晴家的一半，樂晴家是兩戶打通才那麼大。我走到他房間，也就是我房間上方，想知道他到底在搞什麼。沒想到，這一看真的會讓全台灣兩千三百萬人都震驚了。

他房間沒有床，只有一張躺椅，那種小時候去鄉下外公家，外公會躺在門口乘涼用的躺椅，上面有一個枕頭和一床被子。旁邊還有幾個打開的箱子，裡面都是衣服，不知道有沒有穿過的衣服，除此之外什麼都沒有了。

我走回客廳，確定他已經止血，把他鼻孔裡的衛生紙拿下來，難過地問：「你到底怎麼過日子的？」

他一臉不明白地看著我，「這樣過啊！怎麼了嗎？」

「那躺椅這樣是要怎麼睡？」我問。

「很難睡啊，所以我常會睡到一半掉下來，再爬回去睡，不然就是睡到躺椅翻倒，就沒有時間去買床啊！」他說。

他明明就很多時間，我想是經濟上有問題，才沒有辦法買床。我轉過頭看他，不知道該說什麼，他這麼大一個人睡在這樣的躺椅上，一定很不舒服，所以才會常常掉下來。

我低頭一看，他穿著短褲，膝蓋上有一塊瘀青，連腿都給磕傷了。

「欸妳幹嘛這個臉，躺椅其實也沒有不好啊，睡起來很涼耶。」他樂天派地說著。

「嗯。」我聽了好心酸。「好，你繼續睡吧！我不吵你了。」

我要有同理心，不能再怪他發出噪音，我要忍耐不能發脾氣。樂晴給了我最大的房間，因為我的工作和生活都在同一空間，又像媽媽一樣照顧我三餐，家裡從來沒有少過什麼，我也從來不需要採買任何生活用品。我這幾年就是過得太無憂無慮，才會有時間為過去傷心。

「喂，妳先解釋完再走，妳這表情是什麼意思？」他在後面跟著我猛要答案，但我怎麼能夠傷害他。

「快去睡。」我小心地把門關上，然後回到樓下，坐在房間的工作桌前，想著他生活的環境，我完全沒有心思工作。我拉出掛在脖子前的平安符，想起紀東炫幫過我的，我決定要好好回報他。

開始上網搜尋床墊，但我對這個不熟，只好打給樂晴。

「我現在睡的床是什麼牌子的？」

「S牌啊！怎麼了？不舒服？還是床壞了？我等等回家幫妳看看。」樂晴緊張地說。

「不用了，我只是問問而已，床很好！」我趕緊制止樂晴，因為我很擔心明天她就會幫換我床。

樂晴被我莫名其妙地掛了電話。我上網搜尋和我相同牌子的床，有我親自睡過比較放心，毫不手軟地訂了一組床，還幫紀東炫挑了兩套床單，送貨地址留了樓上的住址。線上結帳後，我心裡感到滿滿的踏實。

總算可以開始工作了。但一碰到滑鼠，我想到那個空的可憐的浴室，幾番掙扎後，我還是起身，拿了錢和鑰匙出門，到巷口的大型超市，開始選購一些民生用品。

想起之前陪樂晴來買東西，她幫大勇買的洗面孔還有洗髮精，我都照樣拿了一瓶，不，是兩瓶。再買了毛巾、浴巾，想到那個滿滿的菸灰缸，我拿了一整盒的口香糖，我怕他菸抽太多會早死。

買完，我走在回家的路上，覺得很滿足，覺得很愉快。

走到家門口時，停在一旁的車子，車門突然打開，耀然學長從車上走了下來。我愣住了，或許可以說是嚇到了。他在我最熟悉的地盤出現，不安很快就占據了我的全身。

我想當作沒看到，快速打開大門，但耀然學長直接站到我面前，逼我面對他。

「立湘，我有話想跟妳說。」他又回到十五年前耀然學長的樣子，皮笑肉不笑的。

我搖了搖頭，事實上我是想開口回答的，但我的喉嚨像被綁架了一樣，什麼聲音都發不出來。

「給我三分鐘就好了。」耀然學長很堅持。但他越堅持，我就越害怕，我不知道他要對我說什麼，也不知道我有沒有勇氣聽他說什麼，我已經在他面前失控過了。

實在不知道怎麼面對他。

突然大門被打開了，紀東炫走了出來，看看我，再看看耀然學長。看到他出現，我心裡有千萬個慶幸，害怕馬上減少了一半。他伸出手拿過我手上的袋子，然後對我說：「三分鐘而已，去吧！」

我訝異地看向紀東炫，他抬抬下巴對我示意。

耀然學長看了他一眼，再看著我，我對紀東炫說：「等我。」他豪氣地點了點頭。我轉過身走向對面的小公園，耀然學長跟在我身後。

站定位置，我深呼吸一口氣，轉過身面對他，也能看到五公尺外的紀東炫。

「他是誰？」耀然學長問。

「朋友。」我說。

「男朋友？」耀然學長更直接地問。我抬起頭看他，覺得他在跟我開玩笑，發生過在我身上的事他是最清楚的，怎麼這樣問我？

「不是。」我說，接著問他，「你怎麼會知道我住在這裡？」

他有點難以啟齒地說：「我昨天晚上跟著季陽的車來的。這幾年來，我一直很想知道妳的狀況，但他總是不說，所以我只好這麼做。妳不會怪我吧？」

我看著學長真摯的臉，聽見他如此關心我，我怎麼會怪他。我用力搖了搖頭。

然後他鬆了一口氣，慢慢走近我，伸出手摸著我的頭，像十五年前一樣。但我想躲，因為我怕自己又狠狠愛上他一次。對於他，這輩子我除了暗戀，也就只能想念了。

我本能地往後退，耀然學長卻一把抓住我的手，不讓我逃走。他深情地看著我，逐漸紅了眼眶，然後哽咽地說：「我好想妳。」

作夢都沒有想過耀然學長會對我說這句話，我不敢置信。

「我知道那件事對妳的打擊很大，季陽也不再跟我聯絡，伯父伯母希望我不要出現在妳面前，好讓妳可以忘記一切，我忍耐著不去找妳，最近幾年，我試著問季陽妳去了哪裡，他說妳在國外生活。」耀然學長摸著我的臉，他指尖的溫度好燙。

「為什麼要找我？」我在他的生命裡面其實只是一個過客，一個好朋友的妹妹而已，我不懂他為什麼要問我的下落。

「因為我愛妳。」耀然學長的直接，讓我整個人都僵硬了。幸好他背後五公尺外的紀東炫，正在對我做鬼臉，讓我知道這不是夢。

我忍不住伸手摸著平安符，擔心自己是不是又卡到陰。

見我沒有反應，耀然學長繼續說：「立湘，我喜歡妳好久了，我第一次看到妳跑進季陽房間笑得好開心的模樣，我就一直注意妳了。」

原來我愛著他的時候，他也已經愛上我了。

如果那天告白成功，我們今天會是什麼樣子？會像依依和尚昱哥那樣，牽著彼此的手，走過十幾年嗎？

我難過地看著他，為了那個錯過的時機。

他也難過地看著我，輕聲對我說：「那件事過去很久了，我們都不要再想了好嗎？」

「你……喜歡我？」我不敢相信地問。

「對，十五年了，我從來沒有辦法忘記妳，那天在咖啡廳遇見妳，我就告訴我自己，我不想再錯過妳。不知道妳會在哪裡，只能去妳家碰運氣，幸好就這麼遇到了。讓我陪在妳身邊好嗎？」耀然學長每一個字都說得好真摯誠懇。

十五年前的夢想，今天總算可以實現，我卻猶豫了。我真的可以像學長說的那樣，不在乎那件事，兩個人好好在一起嗎？我愛他，無庸置疑，但我已經不是十五年前的我，我知道只有愛是不能長久的，我還有好大的困難，叫做現實，得要去克服。

「好嗎？讓我照顧妳。」耀然學長的臉靠我好近，我幾乎就要答應了。

「讓我想想，對不起，太突然了。」我說，理智還是戰勝了情感。

我更害怕我一說「好」，夢就醒了。

耀然學長的臉上滿是失落。我難過地看著他，取笑自己的懦弱。愛了十五年的人，不在乎我的過去，也說他愛我，我應該要大設流水席三天三夜慶祝才對，我卻告訴對方我需要想想。

「沒關係，十五年都等了，我不在乎再多等一下。」耀然學長伸出手把我摟進懷中。噁心感突然很煞風景地從胃裡湧出來。我急忙推開他，努力調整自己的呼吸。紀東炫不知道什麼時候來到我身邊，輕輕拍我的背。

耀然學長不知所措地看著我，我對他感到很抱歉，很想對他解釋推開他的原因，但不知道從哪裡說起。

「我會等妳，妳好好休息。」他難過地對我說，然後再看了紀東炫一眼，轉身離開。

我目送他的車在我眼前漸漸遠去，至今還不能相信，我剛剛到底聽到了什麼。

「要吐一吐嗎？」紀東炫問。

我搖搖頭，深呼吸幾口氣後，已經好了很多，「我沒事了。」

他停下輕拍的動作，看著我說：「妳知道嗎？我原本以為是我長太醜，才害妳反胃吐出來，剛剛那個長得那麼帥，妳也想吐，那真的就是妳的胃有問題了。」

我還有心情可以瞪他一下。

他嚇到了，誇張地說：「妳會瞪人耶，嚇死我了。」

我懶得理他，先走回家，他跟在我後面繼續說：「妳再瞪我一下啦！我覺得很漂亮耶，又很有個性，再瞪我一下啦！」

比起他，我的病真的算不了什麼，他的症狀才真的嚴重。

上了樓走到家門口，紀東炫把手上的袋子遞還給我，我搖了搖頭，告訴他，「這是給你的。」

「給我？」他疑惑地問著我，接著打開袋子察看裡面的東西。

「給我這個幹嘛？」

「我看你家什麼都沒有，就去買了，不要客氣。」我對他說。

「欸妳今天真的很奇怪耶，妳現在這到底什麼表情？妳給我好好解釋一下。妳不會以為是我沒有錢吧？我有錢好嗎？我只是懶得去買，我有在賺錢，需要給妳看一下我的存摺……」

沒等他說完，我已經關上門，還能聽見他在外頭喊著，「朱立湘，妳給我好好解釋一下喔！」

回到房間時，樂晴在裡面，我們兩人都嚇了一跳。

「嚇死我了，妳走路能不能出點聲音？」樂晴拍拍自己的胸口。

我則是緊握著平安符，大口深吸呼吸。

「妳的床好好的啊，而且都睡了好一陣子了，怎麼突然間不習慣？是太軟嗎？還是太硬？」樂晴繼續問。

「沒有沒有！很好睡。」我趕緊解釋。她一臉狐疑地看著我，像在質問另一半是不是偷吃一樣。

幸好她沒有繼續追問，不然，連我自己都不知道怎麼解釋這些脫序的行為，如果我說我是想幫紀東炫訂一張床，樂晴應該會馬上報警，覺得我是假冒的朱立湘。

「那就好，我去做晚餐了。」樂晴說完就離開房間。

我整個人鬆了一口氣，癱軟地躺在床上，這張床不硬不軟剛剛好。

耀然學長對我說的那些話再次在我腦海中浮現，剛剛沒有時間反應，現在可以好好回味。想著他說的每一句，我的心跳開始加快，自己一個人在房間裡害羞起來。

「因為我愛妳。」我不停地重複想著，後悔剛才沒有錄音，這樣就可以每天聽了。

「朱立湘，妳生病了嗎？」依依的聲音離我好近，我一張開眼，她的臉就在我眼前五公分處，我嚇得坐起身來，依依也被我的反應過度嚇到，整個人往後彈。

「天啊！我都不知道妳動作可以這麼快耶。」依依驚喜地說。

我尷尬地笑了。

「妳臉怎麼會紅成這樣，是不是發燒了？還是感冒了？」依依走過來摸著我的臉。

「有點燙，我去拿溫度計。」

我拉住依依，「不用，我只是有點熱。」

依依狐疑地看著我，就和剛剛樂晴看我的表情一樣，「妳今天怪怪的，朱立湘！」

「有嗎？」我鎮定地回答。

她用力點點頭，「有一種奇怪的感覺，覺得妳今天突然很少女。」嚇死人的觀察力，不愧是資深祕書。

我沒有回應，因為多說多錯。

依依看了我一眼，不再繼續追問，拉著我的手，「走，吃晚飯了。」

難得今天的晚餐只有我們四個人，大勇帶團去歐洲，尚昱哥也去日本出差，而敬磊哥是一直在國外，很少回台灣。大家很開心地聊著天，我也加入話題。

「立湘，我覺得紀東炫不錯。」依依突然說。

我點了點頭，「嗯。」還不錯，很能讓人信任的人，所以我才能夠這樣和他相處，對我來說，他不構成任何威脅，我也很意外自己會對他如此放心。

「所以有機會？」依依繼續問。

「什麼機會？」我不懂。

「試著交往看看？」依依認真地說，我笑了出來。

樂晴馬上跳出來說：「怎麼可能，立湘不喜歡他，她喜歡別人。」她一說完，依依和明怡都停下筷子看著她，我也是。難道下午我和學長在一起的時候被她看見？

明怡和依依同時回頭過來看我，「立湘，妳不夠意思喔！為什麼我不知道？為什麼妳只跟樂晴說？」依依有點生氣。

我整個人開始不知所措，根本不知道到底發生了什麼事。

幸好樂晴出聲了，「妳們先不要激動，立湘沒有告訴我啦！是我今天去幫她檢查床墊的時候，發現她枕頭下放了照片，那一定是重要的或喜歡的人，不是嗎？」

原來……我鬆了一口氣。

下一秒，依依已經衝到我房間。我還來不及起身，她就像中樂透一樣，拿著照片衝出來對我說：「看到了，看到了！」接著把照片遞給明怡。

明怡看了照片，微笑著抬起頭，「立湘，妳只是頭髮長了，其他都沒有什麼變，還是好清純，好漂亮。」

依依一副受不了的樣子，「重點是旁邊那個人。」

明怡笑了笑，和依依用眼神交流。

她們興高采烈地看著照片，我覺得好抱歉，我總是很少讓她們知道我的心情和我的過去，沒想到她們只是看到兩張照片，就可以開心成這個樣子。

「他到底是誰啊？」樂晴好奇地問。

於是我把那時暗戀耀然學長的事邊回憶邊說出來。她們三個人陶醉地聽著，不時興奮地問我有關耀然學長的種種，但這個故事的結局，只停在我上了台北後就失去聯絡。

「好可惜喔！」依依的表情就好像沒買到最愛的包包一樣惋惜。

「要不要試著聯絡看看，現在沒有什麼找不到的，拜託一下朱季陽就好了，他們不是高中同學嗎？一定找得到他。」樂晴提議。

我搖了搖頭，「順其自然就好。」對，下午的事有了答案，一切順其自然。

「對啊，有緣分自然會再遇見。」明怡也微笑著說。

「我人生真的沒有遺憾了，能夠聽到妳說這麼多話，能夠知道妳喜歡過一個人，我心滿意足，真的。」依依說得好誇張，但我能夠明白她的感受。

我朝她笑了笑。

「那這張，和妳拍照的一男一女是誰啊？」樂晴拿起另一張合照問我。

「是我高中時最好的朋友。」我說。

開學時，瑩瑩的座位就在我旁邊，她是全班第一個和我說話的人。新學期老師指定我當班長，而智維是副班長，我們兩人常一起負責班上事務，就這樣熟了起來，三個人就這樣熱絡了起來，一起吃午飯，一起念書，一起做任何事，形影不離。

我暗戀學長，他們都知道，而後來發生的事，他們也都知道。最後我消失了，他們也從我的生活中消失，非常徹底。

偶爾會想念他們，如果沒有發生那件事，現在的我們會是什麼樣子？瑩瑩熱愛美妝，想當彩妝師，我也曾在依依常看的雜誌上試著找尋瑩瑩的名字，卻從沒找到過。

而智維則是想當記者，他說文字可以改變世界，他要把真實的世界，用他的文字傳達給所有人。每當我看報紙或上網看新聞時，總會注意報導上有沒有他的名字，但也從沒找到過。

而我，夢想成為律師卻成了設計師，繞了好大一個彎，走得很辛苦，但能走到今天，我已經很滿足，他們呢？是否好好地走在自己想走的路上？還是跟我一樣繞了圈，走到了另一條路上呢？

我想我永遠沒有辦法知道。

「真正的好朋友，不管隔了多久再見面，都不會變的。」樂晴這麼對我說。

我明白她的意思，但見到他們，也就表示我和他們又要面對那些過去。對我，或對他們，都是一項很大的挑戰。

依依開心地去拿了酒出來，「今天是好日子，需要開酒。」

樂晴和明怡也一起附和，於是我們四個東聊西聊，就這樣喝掉了三瓶紅酒。頭重腳輕地回到房間，躺在床上，我夢到了耀然學長。

夢裡，我們躺在床上注視著彼此，耀然學長笑得好溫柔，他伸手擁抱我，我幸福地依偎在他懷裡……正享受著兩人的濃情蜜意時，卻伴隨著一聲聲的「砰砰」聲響！

我在耀然學長懷裡，擔心著紀東炫會不會從躺椅摔下來跌死。

隔天，我被一陣急切的門鈴聲吵醒，我昨天晚上連睡衣都沒有換，臉也來不及洗就走到大門。從貓眼裡看了按門鈴的人，紀東炫氣急敗壞地站在門口，火氣很大的樣子。

我把門打開，他一見到我，就對我吼著，「朱立湘，妳這是什麼意思？」

「什麼什麼意思？」完全不知道他在凶什麼。

「那組床！現在莫名其妙放在我家裡的那組床，是妳買的嗎？」他生氣地指著樓上，我感覺到他連指甲都氣到發抖。

我驚訝地看著他，「來了？」果然是二十四小時內到貨，太有效率了，好期待那張床放進他房間的樣子。

我有點興奮地推開他，快速走上樓，他家的大門就這樣大開著，門口放著組合床架的包裝箱，還有一些雜物。他該有多氣，才會連門都沒有關就這麼衝下去找我。

走進去，那張床墊就靠著牆直立著，他跟在我後頭走了過來。

「妳看看妳，整個房子被妳搞成這樣。」他生氣地指著門口，指著床墊。

我打開組合床架的箱子，拿出組裝圖，「幫我把那根長的放到左邊。」我對紀東炫說。他莫名其妙地看著我，還是照做了，邊唸邊做。

分類好所有組合的零件和板子，我走到房間把他的躺椅收起來，「妳幹嘛？」他緊張地問。

「拿出去。」我指示他。

「為什麼要拿出去？」他邊問邊照做，「拿去哪裡？」

「拿去最遠的地方。」我說，他一臉不悅地拿了出去，我趁這時間幫他把放置衣服的箱子全推到角落，走到外邊指使他先把什麼零件拿進來組裝。

「為什麼要組裝？」他邊組邊問。

「再來換H這兩塊先組起來。」我專心地對照說明書。

床架在他邊問邊組合下完成了，我滿意地看著完成品，和實物圖是差不多的。開心地跑到客廳，對還在房間的紀東炫說：「快出來幫忙。」

他走出來看見我正準備搬床墊，嚇得趕緊走到我旁邊，「妳冷靜，很重，我來搬就好，而且為什麼要搬這個？」

我沒理他，用力地抬起一邊，他抬另一邊，我們合力把床墊放到床架上，然後再快步走到外面找床單組。「妳到底在忙什麼啊？到底為什麼要買床給我？」他在房間裡嚷嚷著。

我拿了床單組打開，他驚訝地問：「這是什麼啊？」

我要他跟我一起把床單鋪好，再把枕頭套裝好，放上兩用被。看著總算有一點人味的房間，我內心感到很滿足。一套鄉村風的淡黃色碎花床單，配上白色實心木羅馬床架，把整座床襯得更溫暖。紀東炫站在我身旁，雙手抱胸，語氣沉重地說：「妳可以解釋一下嗎？這套床放在我的房間像樣嗎？」

「很像樣。」我伸手摸著軟綿綿的床，覺得自己今天做了一件好事，功德圓滿。

我開心地對紀東炫說：「這樣你就不會再睡到摔下來了。」

他看著我，忽然愣住，感動地看著我。

「不要跟我客氣，這一陣子你也幫了我很多。」我真心地感謝，還拉出衣服裡的平安符證明。

「等一下！等一下！妳這表情為什麼這麼奇怪？我謝謝妳的好意，但床我可以自己買，妳跟我說多少，我馬上領給妳。」紀東炫急忙要去拿錢包。

「不用了，真的，沒多少錢，你睡了舒服比較重要。錢你就留著吃飯，住外面三餐不一定，多留點錢吃點好吃的，知道嗎？」雖然不知道他有沒有把我當朋友，但我有，所以苦口婆心。

接著我開心地準備走人。

「欸妳這話說得怪怪的喔，妳給我解釋清楚，我不要睡在小碎花床單上面，妳為什麼要買這麼娘的東西給我？這個床組的圓柱上面為什麼還有小天使？我不要喔！妳給我退回去……」

沒等他說完，我已經走出他家，還把門給關上了。

踩著緩慢但又輕快的腳步回到樓下，好好梳洗一番，吃了餐桌上的早餐，心情很好地展開今天的工作。

不曉得是不是因為心情好，進度非常順利。吳經理的案子已獲得確認，希望我今天下午可以到公司簽約，其他的案子進度也都超乎預期。把事情告一段落，再刪掉每天都會收到的自由設計網羅信，我關掉電腦。

傳了個訊息，告訴樂晴我要出門去簽約。換好衣服，拿了包包出門，一路上總不時地回頭，老覺得紀東炫隨時會從我背後冒出來，我要想好理由拒絕他當跟屁蟲。

但一直到上了公車，理由都沒有機會拿出來用。

這樣不是很好嗎？耳根子很清靜，但是內心不太靜。我深呼吸一口氣，把這奇怪的感覺怪罪到天氣。

到了公司，助理小美帶我走進明亮的會議室等待，過了十分鐘，吳經理走進來，拿著合約對我說：「老闆對這次設計非常滿意，我們做過調查，反應很好，所以公司決定找另一間公司來合作，要進行大量製作，洽詢各個通路的合作。

「要合作的公司一看到是妳的作品，馬上答應了，還一直說他們已經注意妳的作品很久，但很難聯繫上妳。妳都不知道他們多羨慕我跟妳合作過。」吳經理很驕傲地說著。

需要搞得這麼大嗎？我開始覺得壓力有點大。

「老闆這裡是想，如果接下來相關商品的開發都能由妳負責，任何從這個商品衍生的想法，都希望妳能留給我們。」吳經理繼續說，等待我的回應。

是該再往前一步了。

思考過後，我點了點頭，花了點時間看完整份合約，把不確定或有疑問的地方好好重複確認。哥哥是律師，在我開始自己接案時，就教了我很多看合約的技巧。確認沒有問題後，我簽下了合約。

助理小美又走了進來，在吳經理耳邊悄聲說話，接著又走出去。吳經理說：「立湘，這次跟我們合作新產品開發的合夥人也剛好來公司，介紹你們認識一下。」

我很想說不要，但是門已經再度被打開，走進來的人是耀然學長。我們兩個看到對方，對這巧合十分意外。

「幫你們介紹一下，這位是自由設計的總監簡先生，Leo，這位這次跟我們合作的設計師，朱立湘小姐，她在業界使用的名字是力想。」

「原來妳就是力想？」耀然學長滿臉驚訝地看著我，然後笑著說：「我一直以為力想是男的，沒想到會是妳，我每天都有寄 email 給妳，從沒有收到過任何回信。」

我也嚇到了，沒想到每天寄 email 來的自由設計公司，竟是學長的公司，被我整整刪了兩年的信，竟是學長寄的。

「Leo 總監，立湘很有自己原則的。我每次可是把簡報做得多詳細寄給她看，有合適的案子她才會回信的。」吳經理在一旁搭腔。

耀然學長微笑著，直愣愣地看著我，看得我眼神不知道該放在哪裡。吳經理覺得氣氛有點奇怪，轉頭對耀然學長說：「Leo，麻煩你等我一下，我把企畫書拿給你。」接著走了出去。

會議室裡，只有我和學長兩個人，而他熱切的眼神一直不肯從我身上移開，我只能拿著合約，假裝看著。

「沒想到妳居然成了設計師。」

我抬起頭看耀然學長，他走到我面前，深情地握住了我手。我嚇了一跳，「季陽常常告訴我，妳長大想當律師，他總是很驕傲地說，我妹以後不得了。沒想到最後妳居然和我在同一個行業，我們這麼近，卻又好遠。」

我看著他，明白我們心中的遺憾，「很可惜，我沒當上律師。」我說。

「不可惜，妳的夢有季陽幫妳實現。現在妳在業界也小有名氣，妳很棒，只要妳願意，任何一條路都能走。」學長緊握住我的手。

我的眼睛對上他真切的眼神，給了他一個微笑。

「Leo 總監，這是基本的……」吳經理拿著文件走進會議室。

我急忙甩開耀然學長的手，快速退到一旁去。耀然學長看見我的舉動笑了笑，才轉過去接下吳經理手上的資料。

我心臟幾乎快要跳出來，順了順呼吸，我向他們兩人說：「我先回去了。」

沒等他們反應，我用最快的速度離開公司。才走出大樓沒兩步，耀然學長已經站到我面前。我對他的速度感到不可思議，「我送妳回去。」學長看著我說。

我還沒有做好和他單獨相處的心理準備，打算說不，但學長已經牽起我的手往前走，我試著掙脫，但他緊緊握住，在我耳旁輕聲說：「這次，我絕對不會放手。」

我轉頭，迎向耀然學長堅定的眼神，很清楚地知道，心裡有一塊地方正逐漸失守。我沒有再掙扎，就這樣讓他牽著我走。到了停車場，我們上了車，他幫我繫上安全帶。

他開車時不停轉過頭看我，我被他的注視到連呼吸都覺得困難，只好出聲對他說：「專心開車。」

耀然學長笑了笑，「十幾年沒看到，就是想好好看個夠。」

我沒說什麼，假裝鎮定，心裡揚起笑容。

學長沒有送我回家，而是來到一間拉麵店門口，「我們吃點東西再回去。」他說。

我沒有拒絕的機會，他已經下車，過來幫我開了車門。我也只能下車，和他一起走進去。他快速點好餐，幫我拿好筷子對我說：「我記得妳很喜歡吃麵，所以只要去到好吃的麵店，我都會記下來，希望有一天可以帶妳來。」

接著拿出他的手機，打開記事本，上面滿滿都是美食資訊。哪間的牛肉麵好吃，哪間酸辣麵最美味，這每一筆資料，都是他想著我所記下的，我感動地看著他。

「這間的拉麵是我吃過最好吃的，還有唐揚炸雞，真的非常好吃。」學長開始介紹這間店的特色，好像他是老闆似的。

麵很快就上來了，味道果然跟他說的一樣，湯頭濃郁麵條軟Q，真的很好吃。一邊聽著學長說著這幾年創業的過程，因為在同一個行業裡，我們聊起來特別有共鳴。

包包裡的手機突然震動了，是樂晴打來的。我按下接聽鍵，「怎麼還沒到家，都七點了。」

「和老闆吃飯。」我說，耀然學長一臉不滿意。

我知道樂晴一定覺得很奇怪，但她沒有多問，只是要我注意安全，如果時間太晚，依依可以開車過來接我。

電話掛掉後，學長開始問起我的一切，聊到了樂晴她們，我忘情地說著，就這樣一碗麵吃了兩個小時才離開。

「去喝點東西？」上車後，學長提議。

我搖搖頭，「太晚了，我想回家了。」

學長似乎感到有些遺憾地對我點點頭，接著開向我熟悉的路，送我回家。我下車之後，他也下車走到我身旁。

「我送妳上去。」

「不用了，我自己上去就可以了。」我不知道她們如果看到學長，我得解釋多久。我現在都還沒搞清楚自己到底要怎麼面對學長，就算是順其自然，也得要有個方向才能順其自然啊！

聽到我拒絕，學長又一臉失望地看著我。

我只能微笑，對他說了聲再見，要他回去開車小心。正轉身想要離開，學長卻再次拉住我的手，把我拉到他面前，深深吻住了我。

紀東炫正剛好從門口走了出來，和我四目交接。

人家接吻時，在旁邊做鬼臉是不道德的。

第六章
所謂的勇敢，就是做了你一向不敢做的事。

紀東炫打開大門，看見耀然學長吻了我的場面，腳步慢慢往後退，伸手把大門給關了回去。

我輕輕推開耀然學長，他寵溺地摸著我的臉，「對不起，我情不自禁。」他說著，聲音都快把我給融化了。

「我還過不了我自己這關。」我說。

耀然學長嘆了好大一口氣。

「立湘，我真的不在意，從現在開始，妳只要專心看著我、想著我就可以，那些不快樂的事就不要提，未來我們可以創造更多美好的回憶。」聽他說著，我幾乎快要同意。

「好嗎？給我們一次機會。」學長眼神中的渴求我不是沒有發現，而是這一切來得太突然，只敢在腦子裡偷偷想的事就這樣真實發生，我非常需要適應。

我搖了搖頭，「對不起。」

耀然學長急忙說：「不要說對不起，沒關係，是我太急了。等了十幾年，是我著急地想要妳來到我身旁，卻沒有想過妳的心情。」

「不，學長，是我的問題。」我也趕緊解釋。

學長牽著我的手，「不，這個問題是我們的，我們一起克服。我說我會等妳，我一定會做到，不管多久，只要妳不再拒絕我就好。」

我感動地看著學長，謝謝他的寬容。他摸摸我的頭，「今天妳也累了，好好睡一下。」

我點了點頭，看著他的車子離開，才鬆了一口氣。站在大門前，我想到了紀東炫的眼神，不知道他會不會拿這個來當我的把柄。我邊想著，邊打開門，一個身影無聲地蹲在樓梯間的角落。

我嚇得尖叫。

紀東炫聽到我的尖叫聲，抬起頭一臉哀怨地看著我。

「你幹嘛？」我問他。

「我不要那張床！」他又來了。

「那張床很好啊，我也是睡同一個型號的，很好睡，很舒服。」我邊走上樓邊說。

他跟在我身後，和我討價還價，「那我不要那套床單。」

「那套床單是很好的棉質，顏色又舒服，摸起來質感也很好，你不是也摸過了嗎？觸感是不是很好？」邊上樓梯邊說話，我開始有點喘。

「是很好，但我就是討厭小碎花。」他在我後面像個小孩一樣耍賴。

我這個人就吃軟不吃硬，到了家門口，我轉頭對他說：「小碎花最適合你了。」

「哼！」他難過地跑了上去。

我看著他的背影，忍不住笑出來，發現他完全沒有問我剛剛他看到的事，他真的很會利用各種方法來轉移我的注意力。

打開門走了進去，大家都在客廳吃水果，大勇正在打電動。

「妳回來了？紀東炫呢？」樂晴問。

「他回家了。」我說，但疑惑樂晴為什麼這麼問我。

依依叉了塊蘋果遞給我，對我說：「他剛來家裡吃飯，聽我說二樓樓梯間燈泡好像壞了，就說要下去等妳。我們以為你們會一起上來。」

他是專程等我的？

我剛剛還傷了他的心。於是我拿出手機，傳了簡訊給親愛的東炫，「謝謝你陪我上樓，決定幫你集滿七彩的小碎花床單來報答妳。」我看著手機，但他一直沒有回。

吃完水果，回到房間把合約書掃描備份收好。整理了一下，好好洗了個澡後，手機鈴聲剛好響了。

我馬上接起來，笑著說：「怎麼樣，不喜歡湖水藍？」

「嗯？」耀然學長的聲音傳了過來。我嚇一跳，確認來電名稱，是學長的名字。我們剛才吃拉麵時互相留了電話，我以為會是紀東炫。

「沒事，你到家了？」

「嗯，剛到，明天中午一起吃飯可以嗎？」

我思考了一下，「好。」

「那我過去接妳。」

「不用了，我再過去找你就好。」

兩人又聊了一陣，我有點捨不得地掛掉電話，忍不住對著手機傻笑。

「這麼甜蜜的笑容，怎麼會出現在我們立湘臉上啊？」依依拿著一袋東西站在房門口，取笑我。

我趕緊回過神，擔心地看著她，不知道她到底聽到了多少。

「我只聽到妳很溫柔地說了一句早點睡而已。」依依知道我在煩惱什麼，但她這麼直接，更讓我不知道該怎麼說。

她走進來，把袋子裡的東西遞給我，「我覺得妳現在會需要這個。」我打開袋子一看，裡面是一整組的化妝品。

「我不需要這個。」我說。

「錯，任何一個想讓自己更漂亮開心的女人都需要。」依依說著，不容許我拒絕，很詳細地向我介紹了每一項的用途和使用方式，裡面還有張小紙條，寫了使用順序。

但我最常用的彩妝品，是護唇膏。

我看著袋子裡的那些，其實跟我很不熟，我表情凝重地看著那張紙條，依依大笑，走過來拍了拍我肩，「加油！明天出門剛好可以試試。如果真的不會用，隨時可以打電話問我。」然後很開心地走出去。

等等！不是說只聽到早點睡三個字嗎？怎麼知道我明天要出門？我想去問依依到底聽了多少，但我知道不用白費力氣，她不會對我說真話。

或許是因為明天能再見到耀然學長，覺得很開心，但另一方面紀東炫一直沒有回我簡訊，我又有點失落。我睡不著，決定熬夜趕圖，當我畫到一半時，總會忍不住抬起頭往上看，今天天花板如此安靜，他應該睡得很好。

想到他躺在黃色小碎花中，我就忍不住笑了。

就這樣一直到了早上五點，我才強迫自己去好好睡上一覺。而這一覺睡下去，一驚醒，已是十點半了。依依給我的那袋化妝品我根本沒有時間研究，搭著公車，快速地到達和耀然學長約好的日式料理店前，就在他公司附近。

看著手錶，我提早十分鐘到了。趁還有時間，我趕緊拿出鏡子，再搽上隨手拿了的口紅，覺得太紅，又忍不住拿衛生紙擦掉，就這樣重複兩次之後，我放棄了，我沒有進階，它們得再等等我。

收好鏡子，耀然學長也來了。

「等很久了嗎？」

我搖了搖頭，「剛到。」

「走吧！我剛剛已經訂好菜了。」耀然學長自然地牽起我的手走進店裡，而我也漸漸適應了他手掌的溫度。

才坐好沒多久，菜就陸續上桌，學長忙著把菜挾到我碗裡，「學長，你也吃，我自己來就好。」

「不要，我要讓妳習慣我，然後戒不掉我。」他露出堅定的笑容。

我笑了笑，不知道該如何回應，一般女生會怎麼回答？到底要怎麼回應對方才是對的？我覺得我可能需要去洗手間用手機上網查一下。

「我先去一下洗手間。」我說。

學長微笑點了點頭，「要陪妳去嗎？」

「不用。」

但我離開座位後，才發現手機忘了拿進來，還在桌上，我只好真的上了個廁所，整理了一下頭髮後，才回到位置上。

回到座位，卻看見耀然學長正拿著我的手機。

「怎麼了嗎？」我疑惑地看著他。

他有點嚴肅地把手機遞還給我，然後質問我，「親愛的東炫是誰？為什麼妳要幫他買床單？他還說他不要？」

我被學長有點冷漠的嗓音嚇到，但我更意外學長會擅自看我的手機。我伸手拿回手機，淡淡回應，「我手機裡的聯絡人，當然是我的朋友。」

學長似乎發現擅自拿我手機很不妥當，臉色逐漸緩和，一臉很抱歉地對我說：「剛剛妳手機響了，我怕有急事，所以才先看了，妳不要介意。」

「嗯，沒關係。」我說。看到學長真心道歉，也不好意思再怪他。

於是我們好好吃飯，有聊不完的話題。菜慢慢空了，心卻是越來越滿的，十幾年的歲月，夠我們聊上好久。

學長拿了衛生紙幫我擦嘴角，對我說：「口紅塗了就不要擦掉，我覺得很漂亮。」

我想我的臉稍稍地紅了，原來我在店門口那樣塗了擦掉，都被他看到了。我有點丟臉地低下頭，他又伸手摸了摸我的頭，我聽到他在笑。

突然，他放在桌上的手機響了。他接起來，公司說有緊急的事，得要他馬上回去處理，他抱歉地看著我。

「沒關係，你快回去忙。」我說。

他牽著我的手走出餐廳，在門口對我露出依依不捨的表情。

「晚上我得開會，所以沒辦法見面。」他說著。

我點了點頭，「工作重要。」

「妳也很重要。」我完全不知道耀然學長這麼會說甜言蜜語。聽尚昱哥對依依說的時候，都覺得很噁心，但從他嘴裡說出來，我完全無法反應，只能不停對他笑。

「快回去上班吧！」

學長點了點頭，我把手縮回來，他一臉惋惜，「妳回家小心，到家打給我。」

「好。」

「我走囉！」

「好。」

「我真的走囉！」

我笑著推了他一把，他又走到我面前，很鄭重地對我說：「不要叫我學長，叫我耀然，重新開始的第一步，就是把過去忘了。現在開始，我是妳的男人，妳是我的女人，記得，耀然。」他霸氣地宣告。

我看著他，下了決定，「知道了。」我說。

一起重新開始。

學長開心地笑了，把我摟進懷裡，「這表示妳承認了喔！妳沒有機會反悔了，從現在開始妳就是我的了。」

我笑著輕輕推開他，有點擔憂地看著他，「我不知道以後會怎麼樣，但我會努力。」

他心疼地摸著我的臉，「是我們一起努力。」

目送他離去的背影，對他的依戀又多上了層樓。只是，越美好，就越讓我膽顫心驚，幸好手機鈴聲把我從胡思亂想裡拉回來，我拿出手機接起，傳來哥哥的聲音。

「聽說妳最近很忙。」哥哥連嗨都沒有說，就直接這樣對我說。

「哪有。」我否認。

「我已經連續好幾天打去妳們那裡，不是沒人接，就是說妳出去。」哥哥的聲音，我聽不出來是調侃還是關心。

我不自然地說著，「因為最近工作的事，比較常出來外面。」

「很好啊！我就贊成妳多出門，自己小心一點就好。如果太晚需要人接送，隨時打給我，妳吩咐一聲，哥隨時就到，但真的是因為工作嗎？」哥哥的尾音上揚，調侃似的。

「真的啦！」我現在還沒有勇氣告訴哥哥，我和耀然學長聯絡上了。昨天晚上想過要不要告訴他，但害怕他會擔心我的狀況，阻止我們聯絡，就決定先暫緩。只要我沒事，只要我過得好，就能證明那件事已經無法再讓我卡到陰，那個時候再告訴他，或許比較好。

「是嗎？」他還是不相信。

「是的。」我再次強調。

「好吧。」哥哥總算放過我，接著繼續說：「妳哪天有空，我們再回家吃飯。媽一直在問。」

我邊走邊想著時間，「下星期的話……」

忽然迎面走來的身影十分熟悉，我忍不住多看了兩眼。我不敢相信自己的眼睛，居然是瑩瑩！

十幾年過去了，我擔心自己看錯，只能目不轉睛地盯著她，雖然她身著套裝，又化了妝，但仍然看得出來，是十幾年前青春活力的她，只是多了點幹練。

我直直地看著她，很怕我一眨眼她就會在我眼前消失。而她似乎也發現了我的注視，看了我一眼，馬上轉過頭去，好像不認識我一般走過我的身旁，難道她真的不是瑩瑩？我很意外事情這樣發展。

看著那個背影在轉角消失，我才回過神來，發現和哥哥的通話還在進行。

「妳怎麼都沒有回應，我已經準備要衝出去了。」哥哥擔心地說。

「沒有，只是看到一個很面熟的人。」

「誰啊？」

「蘇瑩瑩。」我毫不嘴軟地喊著她的名字。

哥哥在電話那頭愣了一下，五秒後才試探地問著，「立湘，妳沒事吧？」

「沒事。」我嘆了一口氣。

我想，在決定不要讓自己再繼續卡到陰之前，我得讓哥哥不再那麼敏感，「哥，我好很多了，你不要擔心，我無法負荷的事，我一定會告訴你，讓你知道我需要幫助。但在我求助之前，你得先學會把我當一個正常的人。」

哥哥忽然暴衝，「誰說妳不正常了？誰敢說，妳叫他出來！」

「就你啊！別再一直把我當病人了。」我直接說。

哥哥嘆了口氣，「立湘，這幾年妳是怎麼走過來的，我都看在眼裡，好不容易這幾年可以正常一點生活了，我真的希望妳可以繼續這樣下去，我很怕妳再發生什麼事，讓妳又對生活失去信心，我只是擔心這個。」

「我明白，但最壞的事，我已經經歷過了，所以，我不要再害怕了。」我說。

雖然是講電話，但哥哥的臉就好像在我眼前一樣。我可以想像他強忍激動的表情。哥哥的聲音有點顫抖，「好，哥哥答應妳會學著放手，但妳一定要答應我，有事要說。」接著很嚴肅地和我約法三章。

既然如此，我決定告訴他關於耀然學長的事。

「哥，其實我和……」

「等一下，立湘，我等等再打電話給妳，有當事人突然來找我。」哥哥說。

「好，你快去忙。」我只能掛掉電話，和耀然學長的事還是沒有說出口。嘆了口氣，我轉頭看著瑩瑩消失的街角，仍然覺得那個人就是她。

我走到公車站，轉了兩班公車，走在回家的路上，想著和瑩瑩的過去。她是個敢愛敢恨的女孩，知道我喜歡耀然學長，總是鼓勵我勇敢追求。我下定決心告白，有很大部分是來自她的加油。

她總是喜歡勾著我的手，和我一起走在校園的各個角落，我們常說，有彼此就足夠了。但下學期開始，她變得有點奇怪，總是會突然間生氣，突然間悶悶不樂，卻始終都說沒什麼。

「妳走路可以好好走，不要那麼分心嗎？」紀東炫的聲音在我身後響起。

我嚇了一跳，轉過頭看他。他對我使了個眼色，我才發現自己正走路中央，於是趕快往旁邊走。

「妳腳可以正常走路了耶，怎麼那麼快？妳好適合腳受傷喔！」到底是什麼歪理，我回頭瞪了他一眼，看到他手上提著便當。

「現在才吃飯？都三點了。」我好奇地問。

「多虧妳的小碎花，讓我失眠到早上才睡著，中午才剛起床。」還怪我咧。

「是不是很好睡？」

「妳腦子都在想什麼？走路也不好好走。妳自己危險就算了，不要害到其他用路人，做人要有公德心，像我多靠邊啊！」他沒有回答我，繼續亂七八糟地說著，整個人幾乎要貼在圍牆上。

「只是在發呆。」我說。

「想不出來的事就放著，花時間去想那些想不出來的事，就是浪費時間。」他隨口說著，卻又直接打中。

我忍不住開口問他，「如果在路上遇見一個認識的人，對方卻好像假裝不認識你，你會怎樣？」

「不會怎樣。」他二話不說地回答。

但我聽不懂。知道我沒有慧根，他很詳細地再對我解釋一次，「如果我很在意的話，我會去要到答案。我腦子很珍貴，以我的智商，腦子不是拿來胡思亂想的，有時間在那裡猜，不如直接問。」

接著繼續教訓我，「妳們女人最愛這樣，什麼沒事就是有事，啊有事就直接講啊！幹嘛裝沒事。妳裝久了，人家就真的以為妳沒事，鳥都不鳥妳了。」

他伸手打開大門，看著還在消化那些話的我，「妳看妳看，又在影響其他用路人的權益，妳擋到陳伯伯了啦！」

我回過頭，陳伯伯帶著剛下課的大寶，正站在我後頭。我急忙讓開，陳伯伯對著我笑了笑，和紀東炫熱絡地打招呼。不就搬來一個月，好像整棟樓的人都和他很熟。

他對我搖了搖頭，好像我有多沒救一樣，率先轉身上樓。快到家門口時，碰到大勇下樓。他和紀東炫兩個人像好兄弟一樣，撞胸握手聊了起來。我繼續往上走，經過他們兩人身邊，回過頭好心的提醒大勇，「快去買樂晴要的東西。」

這個時間，大勇會下樓，都是幫樂晴跑腿。

大勇驚覺，馬上跑著衝出去。

我走到家門口，正要打開門時，門卻打開了。樂晴探出頭，一臉火大地問我，「有沒有看到孫大勇？」

「剛下去。」

「他要去幫我買牛肉，結果根本沒有帶錢包。」樂晴搖著手上的皮夾。

「我送過去好了。」我後面的紀東炫開口。

樂晴將皮夾給他，沒收他的便當，「晚上一起吃飯。」紀東炫開心地點了點頭，和大勇簡直是一個樣。

回到家，我傳訊息告訴學長我到家了。

訊息才送出，馬上接到他的電話，「我不是說要打電話給我嗎？」

「我怕你在忙。」我說。

「接個電話的時間總是有的，我想聽到妳的聲音。」學長在電話那頭溫柔地說著，我在這頭甜蜜地笑了。聊了一會，我們才掛掉電話。

難道這就是戀愛的滋味嗎？

五分鐘的通話，就能甜得像喝了一桶蜂蜜。

但心跳總是要恢復正常。於是我換了衣服，到廚房幫忙樂晴。大勇和紀東炫一起回來，兩個人在客廳打起電動，不時聽到大勇的讚嘆聲，「好強喔！好厲害喔！」

打電動厲害能當飯吃嗎？

我邊洗菜邊想，哥哥人脈廣，要不要請哥哥幫紀東炫找工作？但除了知道他會打電動以外，什麼都不知道，可能還要找個時間，問問他到底有什麼專長。這樣一直沒有工作，房租繳得出來嗎？

「菜要被妳洗爛了。」樂晴站我旁邊，指了指我手上傷痕累累的青菜。

我尷尬地笑笑，趕快去做別的事。

不久後，明怡先回來，後來依依帶著尚昱哥也回來了。今天又是熱鬧的一頓晚餐。

紀東炫坐在我旁邊開心地吃著晚餐，好像有三天沒吃飯那樣，塞進嘴裡嚼都不嚼，一下就吞進去了，我真的很怕他會噎死。「慢點吃。」我小聲地對他說。

「不要。」他堅決地回答。

我看了他一眼，決定讓他自生自滅，不想理他。

拿起筷子準備挾菜時，尚昱哥跟我對到了眼。我發現他在偷笑，他對我說：「立湘，妳是不是變漂亮了？」我想他應該誤會了什麼。

「沒有啊。」我說。

「感覺不太一樣，還是談戀愛了？」尚昱哥八卦地看著我，再看看依依，試著從依依口中得到證實。

依依看了他一眼，「吃你的飯。」尚昱哥只好自討沒趣地繼續吃飯。

其實我擔心的不是依依，而是紀東炫。依依只是聽到我講電話，但他可是看到學長吻我。他的思維又跟正常人不一樣，很怕他隨口一說，就把事情說出來。我轉過頭偷偷看他，他好像完全沒有聽到剛剛講了什麼，津津有味地啃著豬腳。

我悄悄鬆了一口氣。

吃完飯，我在洗碗，原本和大勇一起打電動的紀東炫突然走過來，搶走我手上的碗，開始洗了起來。

「我洗就好了。」我說。

「洗碗抵伙食費。」他說。

突然想起幫他介紹工作的事，我開口問他，「你有沒有打算找工作？」

「我不想工作。」

「你有什麼專長？」和他講話的重點，就是不要被他拉著走。

「打電動。」他驕傲地說。

「打電動之外呢？」

「睡覺跟吃飯吧，我一餐最高紀錄是吃了四碗公白飯，強吧！我之前在日本去參加過大胃王比賽，結果初賽就被刷下來，還是被四個女人打敗。我要好好練練，找機會回去雪恥。」他說著，而我真的相信他會這麼做。

「除了打電動、吃飯跟睡覺以外的專長？」我繼續問。

「妳要幹嘛？」他轉過頭來看我，我也看著他。他忽然有點恐慌，「妳這表情怪怪的喔！妳又想要幹嘛了？妳不要亂來喔！妳這眼神很有問題！先給我解釋一下！腦子裡想的什麼，全都給我說出來喔！」

我被他盯得很不自在，只好說實話，「我想，幫你注意一下工作。」

他嚇得對我大吼，「妳別鬧喔！我不要工作，妳不要再整我了妳！是因為我之前煩妳，所以妳現在要報復我嗎？我不是故意要煩妳的，是妳常常卡到陰看起來很需要解救，我才出手救妳的。妳現在這樣恩將仇報，對嗎？」

原來如此，謝謝他救我，還給了我平安符。

我感動地看著他，給了他一個微笑，他突然嚇得把碗放下，「妳不要再對我笑，我覺得很恐怖，不准笑！閉嘴！」

看到他這個樣子，我覺得更好笑，忍不住笑得更開心。他緊張得不得了，「不要笑了，我要回家了，妳好可怕，碗妳自己洗！」說完就跑出廚房，看著他逃難似的背影，我有一種勝利的感覺。

依依走了進來，看到我在對著空氣笑，感到有點莫名其妙，「妳在幹嘛？而且紀東炫怎麼跑走了？」

我跟依依說了剛才發生的事，依依也笑了，「妳就別管他了，搞不好他是什麼有錢人的兒子，人家電影不都是這樣演嗎？老爸把兒子丟出來吃苦。」

「妳覺得他像嗎？」光是他身上那件襯衫，我就看到連穿三天了。

依依表情凝重，「不像。」然後說：「不過，妳也對他太過關心了吧！」

我很老實地對依依說：「紀東炫幫我很多，所以我也想幫他。」

依依點了點頭，「也是，自從他搬過來，妳真的變得不一樣了，開朗多了。好吧，我和尚昱也會幫他注意看看。」

「謝謝！」我開心地說。

依依看著我，搖了搖頭，「嘖嘖嘖，電話男如果看到妳為別的男人操心，他會不會吃醋啊？我們立湘不會一出手就是選手等級了吧！」

「我們只是朋友而已。」我試著澄清。

但依依只回了我一聲，「喔！」就轉身離開廚房，不管我怎麼叫她，想再多說些什麼，她就這樣頭也不回地走出廚房。我無奈地嘆了口氣，我現在能做的，不是再和她解釋，而是把碗洗完。

洗個碗，就洗了將近半小時。

今天過得太忙碌，我洗完澡，連電腦都沒有力氣開，躺在床上就睡著了，隔天很早就醒過來。全家最早醒的一直都是樂晴，我梳洗完，走到廚房幫她。

樂晴被我無聲的腳步嚇到，一臉快哭了似地對我說：「妳是不是討厭我？」

「怎麼可能。」說這什麼話。

「那下次先出個聲好嗎？免得我嚇死，以後沒有人做飯給妳們吃。」樂晴很誇張。

我笑著點了點頭。

「妳怎麼這麼早？是沒睡好，還是熬夜？」樂晴看著我。

「昨天很早睡，所以比較早醒來。」我幫忙倒牛奶。

「那就好，想說妳好一陣子沒有熬夜了，生活作息好不容易正常一點，怕妳又睡不著……幫我拿兩個雞蛋。」樂晴邊做三明治，邊擔心我，邊叫我拿雞蛋。

好佩服她可以一心三用。

「我之前是不是讓妳們很擔心？」我拿了雞蛋遞給她。

樂晴猶豫了一會兒，最後還是老實說：「對，剛撿妳回來的時候，妳不愛說話，一度以為妳有語言障礙，又常常被惡夢嚇醒。看到妳很多奇怪的舉動，老實說我很怕，不是怕妳，是很怕我們不能好好照顧妳。」

這是我第一次聽到這些事。

「其實，一開始我跟季陽討論過，要不要讓妳回家住。」樂晴很誠實地告訴我，「但季陽告訴我，妳在這裡是最好的選擇，拜託我繼續讓妳在這裡住，然後他……」

樂晴看著我，欲言又止，我被她的停頓惹得有點心慌，「我哥怎麼了？」

「他告訴我們，妳曾經發生過不愉快的事，才會變成這樣。雖然他沒有說是什麼事，但在那當下，我就決定要讓妳留下，跟依依和明怡說好，我們都要好好照顧妳。因為我們也都經歷過不好的事，很努力才走過來的，所以我們不會放棄妳。」

樂晴邊說，我已經哭到不行。

我知道樂晴在高中時，最疼愛她的爸媽車禍過世，而依依是小三的女兒，從小被欺負到大，明怡則是有個控制狂的父親，她的童年也過得非常辛苦。她們也有自己的痛，但她們都比我堅強。

樂晴走到我旁邊，摟著我，「不管那個不愉快是什麼，我們都說好了，不去問妳，除非妳自己願意說。後來妳漸漸好了，雖然不多話，至少一天天進步，陪我們瘋，也會跟著我們笑，也不做惡夢了。但是日夜顛倒，再加上之前吃太多安眠藥，我很擔心妳的身體。幸好後來安眠藥少吃了，而且最近又生活正常，我們都很開心，妳一直在進步啊！」

我哭得泣不成聲，我上輩子一定做了很多好事，才能遇見她們。

依依和明怡同時從房間跑了出來。

依依還睡眼惺忪地說：「我怎麼聽到立湘在哭，她又做惡夢了嗎？」明怡則是拿了面紙走到我旁邊，開始幫我擦眼淚。

「她沒做惡夢啦！不過她真的在哭。」樂晴對依依說。

依依揉了揉眼睛，看到我抱著樂晴在哭，瞬間驚醒，走到我們旁邊著急地問著，「幹嘛？才七點五十分，妳怎麼一大早就哭了，昨天不還好好的嗎？」

「好啦，妳不要急，就讓她哭啊！妳過來。」樂晴勾了勾手指，依依走過來，樂晴鬆開我的手，讓我抱住依依，「立湘，妳繼續哭，什麼不開心都哭出來，我的海鮮濃湯要煮乾了。」

依依拍著我的背，明怡繼續擦著我的眼淚。我的感謝都變成了一聲聲的哭泣聲，等到樂晴做完早餐，我才停下來。明怡陪我到浴室洗了臉，回到餐桌前，我的盤子裡有堆得跟玉山一樣高的早餐。

「多吃點，剛才花了太多力氣。」依依對我說。

我微笑地點了點頭，拿起三明治開始吃。明怡幫我把牛奶微波加熱好，遞到我面前，「喝點溫牛奶，會舒服很多。」我點了點頭，喝了一口，溫度剛好。

「先吃早餐，我鍋裡燉了雞腳湯，晚點記得喝掉。」樂晴叮嚀我，我點了點頭。

我看著她們為我忙碌的身影，她們為我的付出，已經讓我無法再封閉自己。

我放下手上的三明治，深呼吸一口氣，握住衣服內的平安符，緩緩開口，「我被性侵過。」今天再沒有說，我可能又沒有勇氣說了。

她們三個人吃早餐的動作同時都停住了。

我看她們表情僵得像打了超量的肉毒桿菌，完全不知道該做什麼表情。

但都開頭了，硬著頭皮也總要結束。

「我不想說，是因為，不知道這件事對妳們比較好。看到我的家人因為我的痛苦也跟著痛苦，因為我而設了很多禁忌，我覺得很對不起他們。我怕妳們知道後會有壓力，會變成像哥哥那樣，所以才不想說。」我心跳加快地解釋著，不知道她們接下來會有什麼反應。

一說完，坐在我一旁的明怡伸出她的左手，緊緊握住我的右手，她的手正在發抖。

「什麼時候的事？」坐在我對面依依強作鎮靜地問，她的聲音也在發抖。而樂晴的眼眶不知道什麼時候已經紅了。

我像是在說別人的事一樣，把那件事的經過說了出來，而我只是心跳很快，並沒有哭，也沒有發抖。我真的進步了，我為我自己的改變感到欣慰。

但她們三個人已經哭到說不出話來。

「不要哭了。」我難過地說，最不想發生的事還是發生了，她們因為我的過去而難過，我好怕她們三個都會變成朱季陽。

「所以妳才怕黑？」樂晴哭到流鼻涕。我點了點頭。

「所以妳才不愛回家？」明怡哽咽地問，我點了點頭。

「所以一開始大勇和尚昱只要碰到妳，妳就會想吐？」依依不敢置信地看著我問，我點了點頭。

「妳該早點告訴我們的，早一點說，我們可以找更多的方法陪妳走出來，而不是什麼都不知道，讓我們看妳孤軍奮戰，什麼都幫不上忙！」依依邊哭，邊生氣地對我說。

「對不起，我以為這輩子我都沒有勇氣對妳們說。」我說。

「那妳現在還好嗎？」明怡擔心地看著我問。

我點了點頭，把衣服內的平安符拉出來，「我有它，它會保護我，我不會再卡到陰了。」

「這什麼？」樂晴問。

我跟她們說了紀東炫送我平安符的事。

樂晴馬上打給還在睡覺的大勇，「睡什麼睡！叫紀東炫晚上過來吃飯，我要辦一大桌請他！」

依依也馬上說：「我一到公司就幫他注意工作！」

我很感動，她們則是一臉不捨的神情，「妳們別這樣看我，能像現在這樣，我已經很慶幸了。」

「我現在只想抓到那個王八蛋，切掉他雞雞，再把他浸在鹽水裡，爛人噁心去死吧！」樂晴生氣地說。

依依用手肘頂了頂她，示意她不要再說，樂晴發現自己哪壺不開提哪壺，非常歉疚地看著我。

「抓不到了，那時候我才十七歲，我媽很怕我想不開，又怕太多人知道，就沒有報警，也沒有去醫院驗傷，我們都只想把消息壓下來。」我淡淡地說，而且我也不想看到那個人，我的人生因為他毀了十幾年。這些我錯過的日子，就算殺了他，也回不來。

「不要再想了，未來比過去更長，我們好好珍惜以後就好。」明怡擦去眼角的淚水，微笑地對我說。

我點點頭。

「妳有我們，還有愛妹妹入骨的朱季陽。之前覺得他過度保護，現在覺得剛好而已。立湘，不要忘了，妳除了有哥哥，還有我們三個姊姊，誰敢負妳，妳知道他的下場會有多慘嗎？」依依咬牙切齒地說。

我點了點頭，「我知道，我真的知道。」不是少一條腿，就是會斷幾根手指吧！

依依很滿意地點了點頭。

說完之後，我的身體變得好輕，因為我的痛苦被她們分攤，我的心也變得好輕，不用再死守這個祕密，因為她們都知道了，我微笑看著她們為我難過，為我哭泣，這是我人生最美的風景。

謝謝她們，為了她們，我會更努力。

早餐結束後，我幫依依和明怡煮了咖啡，讓她們能夠帶去公司喝。我會的不多，但咖啡是強項，因為太常喝，就會變成專家。

明怡接過咖啡，給了我一個擁抱，「我去上班了。」我點了點頭，「路上小心。」她伸手摸了摸我的頭。

依依從我手上拿了咖啡，也給了我一個擁抱，「如果妳現在不怕出門，無聊的時候就來公司找我。」我乖巧地說：「好。」她也伸手摸摸我的頭。

送走她們兩個，樂晴也準備去早餐店，「要不要去幫忙？」我問。

「妳把鍋裡那碗湯喝了，就是幫忙了。記得找時間去複診，就是幫忙了。妳今天告訴我們這麼多事，就是幫了大忙了。」樂晴拿起包包。

我笑了，她也笑了，「我去早餐店了。」

我點頭，「生意興隆。」

我到廚房把碗洗了，再整理一下客廳，回到房間開始工作。突然樓上又出現砰砰兩聲，我直覺地想，這傢伙不會又睡在躺椅上了吧！於是放開滑鼠，走到樓上敲門。

紀東炫又一臉睡不醒地出來開門。

我拉開門直接走進去，他跟在我後面喊，「欸妳可以不可以注意一下，這樣隨便進單身男子家，妳都不會不好意思嗎？妳不會，我會啊！喂！妳要幹嘛！」

我打開他房間，並沒有躺椅，然後轉過身問他，「為什麼又有聲音？」

「還不都是妳，床單太滑了啊！而且床太舒服，滾一下就掉下來了。」他滿臉懊惱地對我說。

我給了他一個笑容，滿意地離開。他在我背後生氣地說：「妳真很莫名其妙耶！隨便來人家家裡，把人家吵醒又跑走。妳老實說，妳是不是又卡到陰了，要不要陪妳去收驚？朱立湘！」

他怒吼著我名字的同時，門被關上，我微笑走下樓。

沒想到，耀然學長站在家門口，我驚訝地看著他，「學長，你怎麼來了？」

學長轉過身，好奇地問我，「妳怎麼從樓上下來了？」

「有事上去一下。」我說。

學長沒有再追問，倒是追究另一件事，「耀然。叫我耀然，或者你要叫我親愛的也可以，對了，那個親愛的東炫，來電顯示名稱可以改掉嗎？親愛的是我。」

我朝他微微一笑，沒有回答這個問題，「找我有什麼事嗎？」

「經過附近，打妳電話沒有接，只好直接上來找妳，想帶妳去吃飯。」他微笑地看著我說。

其實我還有一堆案子在趕，但是為了他的微笑，我決定把工作放在一邊。「那你先下樓等我，我整理好馬上下來。」

他點了點頭，看著我進門後才下樓。

不是牛仔很忙，是戀愛很忙。

第七章
所謂的隱瞞，就是天真地認為謊言不會被拆穿。

我試著化了點淡妝。朱立湘，從現在開始，要進階到朱立湘二．〇。但很不熟悉的我，最後還是只能上了點粉底，還擦了點口紅。

下了樓，學長正站在大門口等我。

「怎麼不在車上等？」中午的太陽是會把人曬暈的。

「想更快看到妳。」學長牽起我的手，往停車的方向走去，我順從地讓他牽著。

上了車，他告訴我今天要帶我去吃一間非常好吃的義大利麵，在他們公司附近，要我可以從現在開始期待。

他開始關心我昨天晚上做了什麼，早上做了什麼，然後突然問：「對了，我們的事妳有沒有告訴季陽？」

我對學長搖搖頭。

「為什麼不讓他知道？」他問我，「如果妳不知道怎麼說，還是我來告訴他？」

「不用，我再找時間告訴他。」我說。

「季陽應該不會阻止我們聯絡，妳不要想太多。」學長樂觀地想。

但他不知道這十幾年我哥是怎麼保護我的。為了不讓我想起太多事，他連學長都可以斷了聯絡，不知道為什麼，我總有一種哥哥會發火的預感。

一到餐廳，我菜單都還沒看完，學長已經把菜點好了。

我們兩個話都還沒有說到半句，召喚學長的電話又來了。他很不耐煩地說：「不是約了晚上嗎？妳怎麼又讓她改到中午？妳明明知道我中午有約了。」

我看學長激動的樣子，真的很不像他。我認識的他總是不慍不火，我一直以為他脾氣很好，沒想到他臉上會出現煩躁的表情。

「改回晚上啊。這是妳特助的工作，不是嗎？瑩……」學長突然停住，看了我一眼，眼神有點慌張，難道是工作上有什麼麻煩了？

他快速地掛掉電話，不停向我道歉，「立湘，真的很抱歉，客戶臨時改時間，我得回公司了，餐點我請他們打包，然後送妳回家。」

「不用了，我可以自己回去。」我笑著告訴他。

「不行，上次讓妳自己回家，我一直很介意，這次讓我送妳回去，我堅持。」學長心意已決，我才想點頭妥協時，電話又來了，學長生氣地接了起來，說了三個字「會盡快」後，就把電話掛了。

「我自己回去，我堅持。」我對學長說。他看我也沒有打算讓步，便點了點頭，要我回到家打個電話給他，才離開。

等了二十分鐘，外帶的餐點才好。我提著一堆食物走出餐廳，準備往公車站走去，眼角瞟到一個拿著兩杯咖啡的女人，我抬起頭看，沒想到又是瑩瑩。

她踩著高跟鞋從我面前經過，我們再一次四目相接。她很快瞥過頭，但我百分之百確認她就是瑩瑩，為什麼她要假裝不認識我？

紀東炫那句，「我的智商不是拿來胡思亂想用的，有時間在那裡猜，不如直接問。」閃過我的腦海。

我往她的方向跑去。但跑起來腳趾仍然有點痛，很可惜的，她就又一次從我的眼前消失。太久沒有跑步，我還差點一口氣喘不上來。

沒有得到答案，我只好失落地走回公車站，這次我並沒有直接回家，而是走上樓，再一次敲紀東炫的門。

他戴著耳機探出頭，看到我，一臉驚恐，「妳又要幹嘛？」

「吃飯沒？要不要吃義大利麵？」我搖了搖手上的袋子。

他猶豫著，我準備轉身就走，他馬上把門打開，「等一下！先說好，不是吃了這頓，就欠妳人情，然後要我去工作吧？還是妳又買了什麼碎花的洋裝要給我穿？」

「你想太多了。」我沒好氣地說。

「我過去就是想太少。」他反駁。

「吃不吃？」現在沒心情跟他在這裡想太多或想太少，我腦子裡的東西已經夠我煩了。

他馬上開門讓我進去，跟在我後頭，「其實妳不用對我太好，真的，剛剛好就好。」一進客廳，看到凌亂的環境，我忍不住搖了搖頭，「你看！連張像樣的吃飯桌子也沒有。」

他馬上恐慌地說：「有，我有，妳不要買。」然後跑到另一間房間，拿了張小折疊桌出來，快速打開放到客廳的角落，接著又拿來兩張小椅子，著急地對我說：「連椅子都有，不用買，謝謝！」

我把外帶的食物放在折疊桌上，陪著他一起吃麵，「你可以細嚼慢嚥嗎？」我才吃了幾口義大利麵，他那碗已經快吃完了。

「不可以。」他說，快速解決眼前的食物。

算我白問。

他只花五分鐘，就吃完了一份義大利麵，一塊六吋比薩，一份凱撒沙拉，還有六塊雞翅。我看他餓成這樣，只好出聲問他，「這裡還有麵，你要吃嗎？」

他二話不說接過我的麵，直接拿我的叉子，就吃了起來，「有我的口水。」我說。

「卡到陰是不會經過唾液傳染的，我放心。」他說。

「你今天都沒有出去吃飯嗎？」我問。

「懶，所以最好一餐吃完抵三餐。」那盒麵又被他解決了，難怪他要吃得這麼多。

吃完，他快速地收拾所有垃圾，還做了分類。接著又回到自己位置，「妳自己玩，我不招呼妳了。」然後戴上耳機，拿了鍵盤和滑鼠快速地按著敲著。

我看著他專注的表情，忍不住嘆一口氣，如果這種認真不是用在打電動，而是專心工作，那他一定可以賺很多錢。

他眼神仍然放在那台超大螢幕上，卻開口對我說：「嘆什麼氣！不要覺得沒工作就沒有未來好嗎？人的價值是取決於自己活得快不快樂，而不是做了什麼工作。」

我看著紀東炫，他看起來的確很快樂。

「二十一世紀了，妳腦子先進一點好嗎？不然很快就被社會淘汰了。不要老是妳為我好，我也會為妳好啊，拜託妳，做個陪我走在時代尖端的人，不然我一個人很寂寞。」他臉不紅氣不喘，但這句話真的多了。

為什麼我拿麵給他吃，還要聽他揶揄我？我緩緩站起身，走到前面，關掉了他的螢幕，他崩潰地朝我大喊，「妳幹嘛！」

他用快哭了的表情看我，「妳給我說清楚！我都快贏了！」

我沒理他，開門走出去。「朱立湘，我要跟妳絕交。」他繼續大吼。

我這麼做是有苦衷的，既然他走在前面太寂寞，那不如和我一起走在後面，人多有個伴。

回到家，我換掉衣服，開始繼續工作。投入設計的世界是很讓人興奮的，當我設計出一樣商品，就像創造出一個小世界一樣，是會讓人熱血沸騰的。

當我告一段落時，已經晚上六點半了。我緊張地走出房間，明怡正在廚房幫樂晴，尚昱哥陪著依依正在擺碗筷。我走進廚房問樂晴，「怎麼沒叫我幫忙？」然後轉過頭問依依和明怡，「妳們都回來啦？」

她們三個轉過頭看我，然後嘆了口氣，又繼續她們手上的工作。我有點莫名其妙，站在原地，覺得無助。

樂晴先轉頭告訴我，「我明明就端了雞腳湯給妳喝完，還叫妳專心工作就好，妳忘了嗎？」

有嗎？

「我一回家就先去妳房間跟妳請安，妳也忘了嗎？」依依看了我一眼。

有嗎？

「我還拿了妳訂的雜誌去妳房間給妳，妳也忘了嗎？」明怡看著我，擔心地問。

我乾笑兩聲，真的沒有印象。

「下次不准再叫她專心工作，專心到忘我了！」依依沒好氣地說著。

我趕緊走到她旁邊，接下她手上的工作，「現在贖罪是沒用的，眼裡都沒我們了。」依依捏著我的臉。

「我有妳！」尚昱哥在一旁喊。

「你再說，這牛肉火鍋就會往你身上潑過去了。」樂晴端著火鍋威脅尚昱哥，嚇得他馬上跑到客廳。

門鈴響了，先是大勇帶紀東炫進來，樂晴、依依、明怡三個人熱情地迎接他。樂晴送茶水，依依遞拖鞋，明怡拉椅子，嚇得紀東炫想要跑走，「妳們都被朱立湘傳染了嗎？好恐怖！我要回家。」

她們是為了我，才對紀東炫這麼好的，因為他對我好。我看著他，忍不住笑了，紀東炫剛好抬起頭來看我，看到我在笑，淡淡地用唇語回了我一句，「笑屁。」

然後我笑得更開心，下午關他螢幕，竟然可以讓他氣這麼久。

大夥在笑鬧時，門鈴又響了。大勇去開門，我哥走了進來。

「今天這麼熱鬧，樂晴，我可以來讓妳養一頓嗎？」哥哥笑著對大家說。

「有什麼問題，就跟你說了，有空隨時都可以來吃飯！」樂晴豪氣的說。

我幫哥哥加了副碗筷，他坐在我旁邊，眼神繼續打量紀東炫，「哥，你幹嘛一直盯著他看？」我低聲說。

「覺得他能打入你們的生活，不是個簡單的人物。」哥哥小聲回應我，我笑了，也認同地點點頭。

樂晴挾了好多牛肉到紀東炫碗裡，「多吃一點。」

「為什麼我沒有？」大勇有點吃味地說。

「要吃不會自己挾嗎？人家是客人耶！」樂晴唸著大勇，大勇一臉委屈。

我笑著幫大勇挾了幾塊牛肉，尚昱哥吃醋地說：「為什麼我沒有，立湘妳偏心喔！」

我也趕緊幫尚昱哥挾了幾塊。

正準備挾樂晴做的蛋餃給紀東炫吃吃看，他抬起頭對我說：「不要挾給我，我們絕交了。」

我沒有理他，蛋餃一樣丟在他碗裡。

依依擔心地問，「發生了什麼事嗎？」

「她下午關我螢幕耶！直接關掉耶，我都快要贏了！她就這樣關掉耶，怎麼可以這樣對我，算什麼朋友？」紀東炫說得好像我撕掉他中了兩百萬的樂透一樣。

大勇倒抽了一口氣，「天啊！立湘，妳變了，妳以前不是這種人，妳這樣對阿炫真的很過分耶。」

「是不是？」紀東炫找到同好，兩人惺惺相惜，不如好好在一起？

「上次樂晴還把我的搖桿刮花。」大勇也順便抱怨。

「我的媽啊！你一定很難過。」紀東炫拍著大勇的肩，安慰他，兩個人差一點就抱頭痛哭。

我正想給紀東炫一點顏色瞧瞧時，門鈴又響了。

「哭完了就去開門。」樂晴對大勇下指令，大勇只好收起委屈，起身往門口走去。

「今天是什麼日子，這麼熱鬧？」尚昱哥笑著說。

樂晴、依依、明怡三個人同時說：「好日子。」我微笑地看著她們。

哥哥在我耳旁問：「發生什麼好事了嗎？」

我轉過頭看哥哥，低聲對他說：「我告訴她們了，全部的事。」

哥哥很驚訝，然後看著她們三個人。他們很有默契地眼神交流，哥哥欣慰地握著我的手，我對他笑了。

我看著紀東炫，他眼角也帶著淺淺笑意，干他什麼事？他知道我們在笑什麼嗎？

大勇一臉疑惑地走進來對大家說：「有人說要找立湘，說是立湘的朋友。但我說他搞錯了，我們立湘沒有朋友。」

我在好奇之餘，還忍不住苦笑。

「人咧？」樂晴問。

「還在門口，他很堅持要找立湘。」大勇指著大門。

我起身，有一種不好的預感。大家也跟著我起身，我走到客廳，看見耀然學長站在門口，嚇了好大一跳，然後開始懷疑，今天真的是好日子嗎？

「你怎麼來了？」我驚訝地問。

「因為妳手機又沒接，我很擔心妳，不知道妳有沒有到家。」學長說著，我想起中午離開前和他的約定。下午忙著工作，完全忘記了。

「那不是相片裡的那個學長嗎？」樂晴驚呼。

我轉過頭，馬上找尋哥哥的身影，擔心地看著他，他表情複雜地看著耀然學長，然後再轉過頭看我。我有點心虛地低下頭，學長對哥哥點頭打了招呼。

一群人又回到餐桌上，不同的是多了耀然學長。哥哥先開口介紹耀然學長，「我的高中同學，簡耀然。」

「季陽的高中同學，為什麼是來找立湘啊？」大勇好奇地問，被樂晴摀住嘴巴。

餐桌上瀰漫一股尷尬的氣氛。唯一如常的人只有紀東炫，他依然自顧自吃著。

「立湘讓我們看過你的照片，跟以前差不多，沒變多少。」依依試著化解尷尬，我感謝地看著她。

耀然學長坐在我和哥哥對面，他和哥哥對看著。我的手心開始冒汗，不知道接下來會發生什麼事。

「大家吃飯，我今天準備了很多。」樂晴喊著大家吃飯。

我筷子才剛拿起來，耀然學長卻開口對哥哥說：「季陽，我愛立湘，我想和她在一起。」

我手一鬆，筷子掉了。

大家才剛拿起的筷子，又默默放下。

我感覺到哥哥全身緊繃，安靜到我能聽見時鐘秒針滴答的聲音。沒有人敢開口說話，我連喘氣都覺得害怕，不知道哥哥會有什麼反應，我好擔心。

結果哥哥突然起身，對大家說：「我事務所還有事，先回去了。」

我起身陪著哥哥走到門口，他一臉嚴肅地看著我，想對我說些什麼，又不知道該說什麼，最後無奈地轉身離去。

看著哥哥的背影，我覺得好心疼，我又要讓他擔心了。

回到餐桌上，學長和大家已經聊開了，只有一個人一句話都沒說，不停埋頭苦吃。

「吃慢點。」我忍不住對他說，我不想他噎死在這裡。

「我不要，而且我今天跟妳絕交了，妳不要管我。」他還在鬧脾氣，不過就是關個螢幕，人家樂晴都是直接拔電源耶。

我也火大了，生氣地撿起地上的筷子，挾了一堆東西丟到他碗裡，「好！吃快一點，有本事三秒吃完。」

他哼了我一聲。

樂晴看著大勇，「原本以為你很幼稚了，現在還有人贏你，我真的感謝上帝。」

我懶得再理紀東炫，回過頭看到學長正注視著我。我低下頭迴避他的眼神，還不知道怎麼面對他的突然來訪，我已經沒有食慾了。

心裡想的都是剛剛離去的哥哥，不知道他會不會在車上猛敲方向盤。

其實看到耀然學長和大家聊得這麼開心，我也很高興，矛盾的心情不斷反覆。兩個小時後，總算她們願意放過學長讓他離開，我陪學長下樓，他要牽我的手，但我躲開了。

「立湘……」

我嘆了口氣，不知道該說什麼。

學長也很無奈，「我知道我今天是有點衝動，但是今天不告訴季陽，我早晚也是會告訴他。我知道妳的心情，我會找時間和季陽談，妳不要擔心。」

「我去說就好。」我急忙說。是我要先向哥哥坦誠的。

學長把我擁入懷中，「對不起，又造成妳的困擾。」他輕拍著我的背，想要給我一點力量。

我輕輕推開他，在哥哥還沒有贊成之前，老實說，我很有罪惡感，「很晚了，你趕快回去休息。」

「那個留著鬍子的男人，就是妳手機裡那個親愛的東炫？我聽大勇叫他阿炫。」學長突然問。

我點頭。

「他是誰？都不講話的。」

「樓上鄰居。」我說。

「妳和他感情很好？」

「大家感情都很好。」我現在其實沒有心情回答這些問題。

「但妳和他看起來特別親密。」他繼續說。

「大家都很親密。你快回去吧，很晚了，我也有點累了。」我不想再回答這些問題，對我來說很沒必要。

學長無奈地看著我對他下逐客令，也只能點點頭說：「好吧，妳也早點休息，我會想妳的。」

我微笑著送他上車，但他一離開，我就笑不出來了。我們兩個人的感情路，到底該怎麼走？

我嘆了口氣，轉身打開大門，紀東炫正在坐在樓梯上。我又被他嚇一跳，「你又來了，嚇死我了。」

「怎樣？自己膽小還怪我咧，我吃太飽了，不能走樓梯當運動嗎？」他起身踩著階梯上上下下。

我沒理他，自己先上樓，他跟在我後面。我打開門走進屋裡，看到他站在門外，本來想叫他早點睡，結果倒是他先開口，「不要跟我說話，我們絕交了，妳自己早點睡就好，不要管我。」

我生氣地關上門，走進客廳。

她們看到我回來，開始七嘴八舌地稱讚耀然學長，還逼我說出兩人重逢的經過。三個人同時攻擊我，我無法抵抗，只好全盤托出。

「太浪漫了，相隔十幾年的重逢。」樂晴開心說的。

「重點是他還愛妳那麼久，好感人喔！」依依也附和著。尚昱哥不以為然，「我也愛妳很久啊！妳怎麼都不覺得感人？」

依依看了他一眼，「你也該回家了。」

尚昱哥生氣地坐到地上陪大勇打電動。

明怡見我苦著一張臉，摸摸我的頭說：「慢慢來就好，不要急，也不要擔心季陽。因為妳是他最愛的妹妹，所以他一定得要煩惱得比較多，但只要妳開心，我想他一定都會贊成的。」

「對啊，不用擔心，我看那個學長真的很不錯，兩個人隔了那麼久還能再相遇，也都是老天爺的安排。」樂晴接著說。

「也沒有那麼好吧！唇紅齒白，感覺滿花心的。」大勇打著電動，隨口附和，三秒後電源全滅。樂晴手裡拿著電源線，對大勇說：「你給我回家睡覺。」

大勇難過地跑出去，尚昱哥也跟著走了，他怕大勇想不開。

家裡變得好安靜，依依拍了拍我的肩，「去洗個澡，什麼都不要想，然後好好地睡上一覺。」

「好。」我現在很需要。

洗完澡，我從包包裡拿出手機，看到下午的好幾通未接來電，還有耀然學長剛傳來的訊息，「我到家了，睡了嗎？」

我沒有回答。

現在的我，只要跟耀然學長再有互動，心裡面就多了一份罪惡感。我把手機關機，躺回床上，瞪著明亮的日光燈失眠了一個晚上。

隔天早上，明怡和依依去上班，樂晴去早餐店後，我換了衣服，決定去找哥哥談，再這樣下去也不是辦法。

我掛著黑眼圈下樓，紀東炫剛好上樓，看到我嚇了好大一跳，「我的天啊！我們公寓什麼時候養了中國國寶啊？」

我沒理他，越過他繼續下樓。

「去哪？」他在上頭喊著。

「我們不是絕交了？」我說著。

「只有昨天啊！」他繼續喊，我被他的賴皮逗笑了。紀東炫雖然很煩，但他總是能讓我心情放鬆，他是我的心情鬆馳劑。

坐在公車上，雖然我一直思考著要怎麼對哥哥說，但直到站在他們公司門口的那一刻，腦子還是一片空白。

櫃檯人員已經知道我是誰，戰戰兢兢地招呼我。我坐在會議室等著，面前有咖啡，還有點心，VIP等級。

沒多久後，哥哥走了進來。我讀不出他臉上的表情，他拉出我旁邊的椅子坐下，時間就在這裡靜止，我們各有心事，誰都不知道要怎麼先開口。

不知道過了多久，我鼓起勇氣解釋，「我不是故意瞞你的。」

「我知道。」哥哥很快地回答我，「因為我清楚妳的個性，知道妳會掙扎，所以我沒有辦法生氣。」

我感動地看著哥哥，然後誠實地把我和耀然學長的事告訴他。他聽著我說，一下皺眉，一下表情凝重。

他的反應，讓我好幾次幾乎要放棄說下去。

好不容易說完，他抬起頭看我，我等待他的回應，卻只換來他一聲重重的嘆氣，過了很久他才開口說話。

「我知道妳很愛耀然，能夠再遇到他，能夠得到他的愛，身為哥哥的我，原本為妳開心都來不及了，但是現在我真的沒辦法。」哥哥這麼說，我心裡一沉。

他繼續說：「看到妳能再愛一個人，我真的很開心，但我多希望那個人是別人，是不知道那件事的人，而不是耀然。對我來說，不是陪妳走過那段過去的人適合妳，而是什麼都不知道，可以對妳完全付出，給妳未來的人，才適合妳。

「很多事講起來都很簡單，感情好的時候，什麼都可以不介意，但現實是，感情再好的人都有吵架的時候，我擔心舊事重提，只會讓妳受到更大的傷害。」

我知道哥哥擔心的是什麼。

「不會的，你認識耀然學長比我久，你知道他不是這樣的人。」我說。

「都過了十幾年，我真的不知道現在的他是什麼樣的人，時間會改變很多事，我不能保證他不會變。」哥哥擔心地看著我。

「可是我相信他。」我堅定地說。

哥哥仍然看著我，一語不發，我也看著他，不再躲避他的眼神。最後他伸出手抱著我，在我耳旁說：「妳真的確定嗎？」

我點了點頭。

「我好怕妳再受傷，妳禁不起，我也禁不起。好不容易走到現在，我希望妳有的是一個全新的開始，不要再去接觸那些過去。」

我拍著哥哥的背，開口安撫他，「我不知道我會不會再受傷，但哥，我不想再錯過了。」

哥哥嘆了口氣，「我真的無法支持妳，但如果妳真的要這樣做，我也只能保護妳，這麼多年，能讓妳開心的事，我都無法說不，即便我知道妳有可能受到傷害，我也很難說不，因為我想看到妳笑，看到妳快樂。」

我看著哥哥，開心地笑了出來。

哥哥神情沉重地推開了我，警告我，「如果耀然讓妳傷心，我不會放過他的。快走，在我反悔之前，快奔向他身邊，不然我不知道自己什麼時候會後悔。」

我感動地看著他，「哥，謝謝你。」

「快走！」哥哥轉過頭去不看我，我知道這個決定對他來說很不容易。

我拿了包包，站起身，從背後擁抱了哥哥，輕聲對他說：「下輩子，還要當你的妹妹。」然後往門口跑去，此時此刻，我只想看到耀然學長，緊緊抱住他，然後威脅他，如果沒有好好照顧我，會死得很難看。

我打開門，哥哥在我背後生氣地吼，「下輩子，我要當妳兒子，氣死妳！」

我開心地離開哥哥公司，邊走邊打電話給學長，響了很久才被接起來，「您好，總監現在很忙，有事要請妳先留言。」

這聲音太過熟悉，我愣住，思考著這是誰的聲音。

「喂？喂？」對方再喂了兩聲，過了一會兒沒得到回應，便掛掉電話。

我回過神，不想浪費時間想這是誰的聲音。我直接伸手招了計程車，說了耀然學長的公司地址。很久沒有搭計程車，因為我害怕和陌生男子獨處。原本會心慌的我，現在整顆心都在耀然學長身上，沒空緊張。

到了他們公司樓下，我的手機剛好響了，是耀然學長。

「怎麼啦？」他問著。

「妳在哪？」「我有事要跟你說。」

「你們公司樓下。」

他著急地回答，「我馬上下去！」

三分鐘後，耀然學長從大樓門口出來，微笑地走向我，我開心地衝向前抱住他。

他愣了一下，也抱住了我，「發生什麼事？這麼開心？」

我正要開口，有一道女聲打斷了我們，「總監，廠商來了，正在樓上等您。」

我趕緊放開學長，往後退了一步。抬起頭一看，發現站在學長身旁的女人竟然是瑩瑩，她踩著那天我看過的高跟鞋，禮貌又專業地拿著記事本，看著耀然學長。而學長的表情有點慌張。

我被這一幕搞糊塗了。

為什麼瑩瑩在學長身邊工作，學長卻從未告訴我這件事。他明明知道我跟瑩瑩是好朋友，而學長遇到我，也沒有告訴瑩瑩嗎？

我看著學長，期待他給我一個合理的說法時，瑩瑩突然轉過頭看我，一臉驚訝地大聲喊著，「天啊！這不是立湘嗎？」然後衝過來抱住我，哽咽著說：「立湘，妳去哪裡了，怎麼都沒有跟我們聯絡，我好想妳啊！」

我被瑩瑩抱著。現在的我，應該要沉浸在和她的重逢的喜悅裡，但我沒有，我心裡有好多的疑問。對學長的、對她的。那天她明明就看到我了，為什麼要假裝不認識？

太多的疑惑，讓我開心不起來。

瑩瑩看著我，流下了眼淚，難過地對我說：「我每次打電話去妳家，妳家的人都說妳不在。妳知道妳休學後我跟智維我有多難過嗎？三劍客少一個，都沒有威力了。去年，我還打過電話去妳家找妳，但伯母說妳在國外。妳到底去了哪裡？難道是為了那件事，要避開我們嗎？」

聽到她說出那件事，我心跳暫停了一秒，學長焦急地吼了一聲，「瑩瑩！」

瑩瑩馬上跟我道歉，「對不起，立湘，我亂說話妳不要怪我，我真的太想妳了。」她轉過身怪學長，「學長，你真的很過分，找到立湘也不跟我說，明明知道我很想她。」

我抬頭看學長，他走到我面前，溫柔地解釋著，「我是想等妳心情穩定一點，再讓妳們見面。」

我不知道該不該相信他的說法。

「學長，你這就不對了，我和立湘是好朋友，她見到我，心情就會穩定的。立湘，妳說是不是？」瑩瑩擦去淚水，開心地搖著我的手。

看到她這麼開心，我也給了她一個微笑，即使我現在還是對這一切感到很不解。

「妳知道嗎？智維三年前結婚了，小孩都兩歲了，上個月我們才一起吃過飯。」瑩瑩繼續對我說。

「真的嗎？」聽到智維結婚生子，我也只能先放下所有的疑惑，為他感到高興。那時候我們都打賭，智維一定是最早結婚的人，他還嘴硬說他是單身主義，還最討厭小孩，沒想到歲月總是不停推翻我們。

「真的，還是雙胞胎。我們約一天一起吃飯好嗎？」瑩瑩興奮地提議著。

我也用力地點了點頭，好想念三個人一起吃飯的時光。

「改天再敘舊，客戶不是還在樓上嗎？」學長笑著對我們說。

「對喔！那我先上去招呼客戶，學長，不，總監，麻煩您盡快到樓上來。」瑩瑩對學長說完後，轉過身又給了我一個擁抱，開心地說：「能再見面真的好棒！妳不可以再消失了喔。」

我也抱著瑩瑩，「不會了。」給了她承諾。

瑩瑩上樓之後，學長有點擔心地問，「開心嗎？心情還好嗎？」

我點了點頭，「我很好。」

他伸出手把我拉入懷中，摸著我的頭，「真好，還好妳沒事。我常常都在想著要怎麼讓妳們見面，就是擔心妳的狀況。幸好看到妳這麼開心笑著，讓我覺得好幸福。」

我抱著學長，幸福裡面，摻雜著說不上來的不安。

學長突然輕聲問：「妳要跟我說什麼事？」

「沒什麼，你先上去忙，改天再說。」我放開他。

他交代我回家要小心，然後才離開。不知道為什麼，那種怪異的心情，還是沒有被見到瑩瑩的驚喜蓋過，回家的路上，我仍然在想著那些無法解釋的疑點。

我失神地做著每一件事。

「朱立湘，妳的麵都要吃到鼻孔了。」樂晴喊了我的名字。

「啊？」我不知道她後面說了什麼。

「啊什麼啊，專心吃麵。」樂晴搖搖頭。

今天晚上又來蹭飯的紀東炫，把播放著心經的手機放到我旁邊，我瞪了他一眼，他無辜地說：「我為妳好耶！妳三魂七魄都飛光了，聽點心經安定心神啊！」

「還在擔心季陽？」明怡問。

「沒有，我和我哥沒事。」我說。

「那妳今天怎麼會那麼失神？」依依問著。

「可能是昨天晚上沒有睡好吧！」這是真的，因為擔心哥哥，昨天晚上我可是失眠一個晚上。

「那等等吃飽趕快去休息。」依依叮嚀著。

「好。」我加快吃麵的速度，但仍比不上已經吃了三碗的紀東炫。

飯吃到一半，大家紛紛離席。敬磊哥剛回國，把明怡叫了出去，而尚昱哥車子抛錨，依依也出去拯救他，原本下午該送到早餐店的雞蛋，剛剛打電話來說正在早餐店門口，大勇陪著樂晴過去處理。

家裡只剩下我和紀東炫，我伸手把他手機還播著的心經關掉，他一副我不識好歹的樣子看著我。吃完飯，我走到流理台洗碗，他走到我旁邊，「妳可以去睡覺嗎？這個碗被妳洗了三分鐘，它很痛！」

我轉過看著他，他伸手拿過我手上的碗，然後把我推到一旁，「去睡覺啦，整個晚上像行屍走肉一樣，難道妳又……」他瞪大眼睛看我。

「沒卡到陰啦！」我解釋。

他一臉不相信地轉過頭去洗碗，「就跟妳說了，有事就直接問，幹嘛自己一個人胡思亂想？妳最近沒有案子嗎？太閒了？」

「我很忙。」我說，然後看著紀東炫，嘆了口氣，「那我問你，如果你很要好的高中同學，之前在路上遇見，明明就看到你了，但是一直假裝不認識，今天又突然熱情地跟你相認，你不會覺得很奇怪嗎？」

「會啊！超怪的。他是那天沒戴眼睛出來，還是把記性放在家裡，忘了帶出門嗎？」他附和著，但他聲音有點浮誇，我有點生氣地看著他。

他感受到我的敵意，很正經地說：「還是他卡到陰，不然我給妳的護身符借他戴！」

我不要。

覺得自己一定是瘋了，才想和他討論正經事。

我決定去洗澡睡覺。轉身準備離開時，他在後頭對我喊著，「我是說真的！反反覆覆真的很奇怪，最好搞清楚到底為什麼，不然我覺得妳可能這兩天都會有黑眼圈！」

紀東炫說得沒有錯，不只是上次，第一次遇到她，她就看到我了。

受過傷的人，總是會比平常人敏感。也因為害怕受傷，我們總是很容易築起防護機制，我們的刺不是要害別人受傷，只是為了保護自己而已。

回到房間，電話響了，是陌生的號碼。我不知道該不該接，但它不停地響著。我輸給了來電的人的堅持，接了起來，瑩瑩的聲音傳了過來。

「立湘嗎？」瑩瑩不確定地問著。

「嗯，瑩瑩嗎？」

「沒錯，是我！可惡的學長，不肯給我妳的號碼，還是我打去問吳經理才問到的。我跟妳說，我約了智維這星期六晚上吃飯，我沒跟他說我遇見妳了，打算給他一個大驚喜，這時間妳可以嗎？」

「應該可以。」以前不敢晚上出去，但現在我覺得沒問題。

「太好了！智維一定會很開心。」瑩瑩興奮地說著。

但我還掛念著一件事，於是我開口問了，「瑩瑩，我有事想問妳。」

「好啊，什麼事？」

「其實我在路上遇見妳兩次，但妳都看了我一眼就走了。上次我追過去想要找妳，但妳不見了，妳那時候沒有認出我嗎？」我說出了我的疑惑。

瑩瑩在電話那頭頓了一下，接著笑著說：「有嗎？我真的沒有印象，可能我近視又加重了，最近遠一點的字我都看不清楚了。都是學長啦！工作要求超高的。」

原來是這樣，我笑了笑，「沒想到妳跟學長在一起工作。」

「我就倒楣啊！後來大學又跟他同一所。他只念了兩年就出國進修，後來回台灣，說要自己創業，結果太容易相信別人，被客戶騙了一百萬，他身旁沒有可以相信的人，我只好跳下去幫他。結果這麼一做，又是六、七年過去了。」瑩瑩說著過去，我很羨慕她。

如果那時候我也在學長身邊的話……

「辛苦妳了。」我說。

「還好啦。倒是妳怎麼和學長又聯繫上的，妳該不會追到學長了吧！」瑩瑩八卦地說。

「沒有啦！」我急忙否認。但我其實不知道自己為什麼要否認，可能是我想等穩定一點再告訴她吧！我自己安慰自己，合理化自己不正常的回應。

「那我們星期六見囉！」她期待地說。

「好。」我回答著。

掛上電話，我心情輕鬆地走出房間準備去洗澡，紀東炫還坐在客廳玩手機。

「你怎麼還沒有回去？」我問。

「就懶得動啊！」他玩著遊戲，回答我的時候連頭都沒有抬起來，「妳快去洗澡睡覺啦！剛剛都在裡面摸什麼啊？都幾點了，妳看看！」

他什麼時候變我爸了。

我沒理他，走進浴室洗澡，再次出來時，只有樂晴和大勇在客廳裡吃著水果。

「他回去了？」我問。

樂晴點點頭，「我們一回來他就走了，紀東炫看起來有點吊兒郎當，但其實滿貼心的。怕妳自己一個人在家會怕，還留到這麼晚。」

我對紀式風格的體貼笑了笑，走回房間，躺在床上。看著明亮的天花板，我突然起身，想改變一下。於是走到開關旁，試著先關掉一半的燈，房間裡暗了一點，我再關掉一盞，房間裡只有昏黃的光線。

我鼓起勇氣，把最後一盞給關掉，整個房間陷入黑暗。我馬上再打開剛剛那盞黃燈，走回床上躺下。

這是我目前可以做到的程度，至少現在只要留一盞燈就好。至於適應黑暗，我想得再過一陣子。

雖然不知道還有多久。

但能夠到現在這樣，我已經很滿足開心。

加油吧，朱立湘，妳正在康復的路上走著。想著哥哥、想著樂晴、依依、明怡，想著學長，想著紀……好，不用想他，想到我還有他們，我開始知道，什麼叫做樂觀。

總是會在艱難的時刻，發現自己並不孤單。

第八章
所謂的真實，是只要你相信了，就都是真的。

好心情讓我一睡就睡得好沉。睡夢中，我聽到電話鈴聲不停響著，但眼皮就是好難睜開。可是電話鈴聲也非常努力，它成功地讓我睜開了眼皮。最後，我用力坐起身，下床去接電話。

樂晴的聲音著急地從電話那頭傳來，「立湘不好意思，我知道妳在睡覺，但我們家工讀妹妹，不小心接太多訂單，我現在這裡有五百份的早餐需要幫忙，妳可以過來嗎？」

「沒問題。」我說著，馬上掛掉電話，隨便換了身衣服就趕緊下樓。

「去哪？」紀東炫的聲音在我身後響起。

我頭也沒回地說：「早餐店！」然後快步走著。

「我也剛好要去吃早餐。」他說。

我回過頭對著他笑，拉著他快速往早餐店前進，「幹嘛那麼著急啦！是有多想要請客！」他開玩笑地說。

「隨便你吃。」我說。

紀東炫眼睛一亮，走在我前面，興奮得像個孩子。我真心希望他等一下還能有這麼開朗的笑容。

到了店裡，等待買早餐的隊伍排得好長，樂晴正在櫃枱結帳，兩個工讀生妹妹苦著臉，好像世界末日快要到了。

樂晴看到我來，一臉感動，我笑著對她說：「紀東炫說他也可以幫忙。」

「真的嗎，太好了！等一下看你要吃什麼隨便點，我請客！」樂晴開心地拍拍紀東炫的背。

他瞪了我一眼，我微笑地看著他，然後把他推到工作枱前，遞了一件圍裙給他。他生氣地接過去，然後對我說：「我要跟妳絕交。」

我笑了笑回答，「好。」

他火大地拿起吐司，照著樂晴的指示，開始做客人要的口味，邊做邊瞪我。但我不會怪他。

接下來就進人忙亂的悲慘世界，從我們一進到店裡，手和嘴巴都沒有停過。手不停地塗果醬、煎蛋、做三明治，嘴巴不停地向客人道歉。

「先生，我的漢堡加蛋等很久了，搞什麼啊？我上班都要遲到了！」客人抱怨著。

紀東炫深呼吸了一口氣，勉強自己笑著回答，「馬上就好囉！」接著轉身到我旁邊對我發脾氣。

「朱立湘，妳卑鄙！」

「朱立湘，妳無恥！」

「朱立湘，妳下流！」

回應他的，都是我甜美的微笑。但他每次一看到，都會讓他氣得差點把吐司給塗破。我也是用心良苦，他每天在家都在打電動，今天有機會讓他活動一下筋骨，他沒謝我就算了，還一直罵我。

好不容易把五百份訂餐做完，再加上現場的人潮散去，已經快十一點了。紀東炫虛脫地趴在桌上，不過就是幾百份早餐，又沒有叫他去打仗，不知道在累什麼。

「要吃什麼？」我問他。

他生氣地看著我，「我今天跟妳絕交，妳忘了嗎？」然後轉過頭去告訴樂晴，「最貴的都給我來一份打包。」

樂晴笑了笑，對工讀生妹妹說：「有沒有聽到？」

工讀生妹妹兩個人不知所措，我笑著走過去幫她們，依照紀東炫的食量，再加上他剛剛消耗的熱量，我幫他做了四個不同口味的漢堡，還有三種不同口味的蛋餅，再加上蘿蔔糕和煎餃，配上奶茶。

分量夠讓他今天不用出門了。

我把手上的袋子遞給他，他生氣地接過去，拆開一個漢堡就開始吃。

「妳不吃一點嗎？」樂晴問。

「我沒胃口。」做了幾百份早餐，現在再看到漢堡，我只想要反胃，完全沒食慾。

「辛苦妳了，還把妳挖起床，妳趕快回去再睡一下。」樂晴摸了摸我的頭。

「好。」我的確很需要再睡一下。

我走出店外，聽到樂晴問紀東炫，「你不陪立湘回去嗎？」

「她都幾歲人了，還要人陪？」紀東炫回答。

結果不到十秒，他已經走在我旁邊，但離我很遠，拿著漢堡邊走邊吃。

我笑著看著他，「還要氣多久？」

他沒看我，「一萬年。」

「那我真榮幸，可以讓你氣一萬年。」

紀東炫總算轉過頭看我，「我發現妳不再卡到陰之後，真的變得很可怕耶，伶牙俐齒，怎樣都講輸妳。」

「我本來就伶牙俐齒。」只是恢復實力而已。

紀東炫又開始講不過我，只能瞪我一眼，轉過頭去看著前方，邊走邊說：「我不想跟妳講話，我今天跟妳絕交。」

勝利的感覺真好。

我故意往他的方向靠過去，他把我推開，我再靠過去，在他旁邊說：「幹嘛這樣，你三歲喔？」

他再次把我推開，「走開啦！男女授受不親的！」

我再重複一次，這次勾著他的手問：「還是你五歲？」

他馬上把我的手拿開，又伸手把我推走，「離我遠一點啦！不要降低我的行情，我在這個社區可是有小金城武之稱，妳這樣害我讓別人誤會怎麼辦？」

聽到小金城武四個字，我忍不住大笑。

紀東炫生氣地看我，「笑成這樣很過分喔！快跟我道歉！」

我笑著搖搖頭，他才要跟全社區的人道歉，這樣污辱他們的智商。

「快道歉喔！不然我連明天都跟妳絕交。」他威脅我。

我邊笑邊往前走，「我不要，你連後天都可以跟我絕交。」

紀東炫從後頭衝了過來，惱羞成怒地伸出手勾住我的脖子，「快道歉喔！」

「我不要！」我要拉開他的手，才發現耀然學長就在站在前方，頓時我全身都僵住了，因為耀然學長的眼神銳利得讓我有點害怕。

紀東炫發現我凍住了，也往前看。發現耀然學長，他鬆開手，接著生氣地對我說：「不要忘了，我跟妳絕交到後天！」然後向學長點頭打招呼，快速離開。

「怎麼來了？」我有點提心吊膽。

紀東炫離開後，學長的眼神馬上變得柔和，走到我面前來，輕輕擁我入懷，小聲地對我說：「因為想妳。」

我也伸出手抱著他。

被想念的感覺，真好。

結束了擁抱，耀然學長帶我去吃東西。我們到了一間北方麵食館，服務生拿了菜單讓我們看，我正打算要接過來時，學長先開口了，「兩碗乾的榨菜肉絲麵，兩碗餛飩湯，一份綜合滷味。」

然後對我說：「這裡的榨菜肉絲麵最好吃。」

「嗯。」我點了點頭，但是我最討厭榨菜。

「妳說那個樓上鄰居，是最近搬過去的？」耀然學長突然提到了紀東炫。

「對，兩個多月前。」

「他單身嗎？」學長擦好筷子遞給我。

我接了過來，「應該是。」

「妳是有男朋友的人，應該要跟單身的異性盡量保持些距離吧？」學長突然嚴肅地看著我說。

他的眼神讓我壓力很大，不知道怎麼回答。

「立湘，我不會限制妳的交友，越多人照顧妳，我越開心。可是，只是朋友的話，還是不要太過親密比較好。看到你們這麼要好，老實說我有點吃醋。」學長放軟了語調，承認自己的不安。

以前總是看起來很酷的學長，竟然會因為我露出這樣的表情。他的坦誠，讓我妥協。

「我會注意的。」我說。

學長恢復了笑容，嘆了口氣說：「我很羨慕他。」

「為什麼？」

「因為妳在他面前很放鬆，一點都不拘束。」學長哀怨地看著我。

老實說，我也不知道自己可以這樣跟紀東炫玩鬧，甚至有肢體上的接觸也一點都不會覺得不舒服。紀東炫總是可以讓我很安心，他總是能夠輕易轉移我的悲傷，講些很白痴但又很好笑的話，他的樂觀總是可以帶著我，讓我更好。

我想著他，微笑的回答，「我在誰面前都一樣。」

學長搖了搖頭，「不一樣，妳看妳。」他指了指我端正的坐姿。

我恍然大悟，笑著對他說：「那是因為我想在你面前保持形象啊！」

「不需要，在我面前，妳可以完全做妳自己，我喜歡妳自在地和我相處，畢竟接下來是一輩子的事情，是不是？以後我們結婚……」學長興奮地說著。

他的話讓我感動卻又心情沉重，我現在還沒有想過一輩子的事。

幸好餐點上了，我不用再去想要怎麼回答。

我很感恩地吃著我最不喜歡的榨菜，聽學長說公司的事。吃飽之後，學長還說要去走走，但我還有案子在趕，他只好開車送我回家。

「對了，下星期有新產品的合作餐會，一起去。」學長開著車，轉過頭，很期待地對我說。

那天收到吳經理寄來的邀請函，我已經回 email 拒絕了，「不了，我討厭人多的地方。」我說。

「妳是設計師，怎麼可以不出現？」

「我一向不出席聚會的。」

「這次產品對公司有很大的意義，我們投注在上面的心血非常多，業界也對妳很好奇。而且，我想趁這次讓大家知道我們在交往。」學長說著他的打算。

「可以不要嗎？」我有點喘不過氣來。

「為什麼？只是出席一下。」學長不能理解我的堅持。

「我真的不喜歡去人多的地方，而且在大家面前公開戀情，並沒有必要，在一起是我們兩個人的事，不是嗎？」我很喜歡學長，但我有我的原則。

學長的臉色變得難看，我們在車上僵持了一陣子，他才說：「好吧！我不勉強妳，早點休息，」但看得出來，他明顯在不高興。

「你也是。」我說。

下車後，學長的車就在我眼前消失。這難道是傳說中的情侶溝通不良？我洩氣地走回樓上，然後拿出手機，傳了訊息給學長。

「我到家了。」

但他已讀不回。

整個下午我幾乎無心工作，都在等待訊息聲響起，但很可惜的，直到吃完晚飯，都沒有任何消息。

我心情有點糟，睡不著也沒辦法工作。接著，又聽到樓上傳來砰砰兩聲，我打了電話給紀東炫。

手機螢幕出現「親愛的東炫」，我忍不住笑了出來。

「幹嘛？不是說了要絕交到後天嗎？」他口氣不悅的說，

「你又從床上摔下來？」我問。

「喂！妳給我說清楚喔！妳給我好好解釋一下喔！妳怎麼知道我摔下來？妳有在我房間裝監視器嗎？妳不要這樣對我喔！」

我沒理他，直接問，「如果另一半勉強你做不想做的事，你會怎樣？」

「不會怎樣。」他很爽快地說。

「講得輕鬆。」我說。

「本來就是啊，我不想做的事，我就不會去做。如果對方因為這樣要生氣，就讓她氣死啊！勉強我已經是她的錯了，為什麼我要因為她做錯，然後自己在那裡難過？吃飽太閒就去做善事啊！」他邊說，好像邊吃著東西。

剛才不是還在睡覺，怎麼說幾句話又開始在吃東西，他真的很怪。

「你在吃什麼？」

「早上的蛋餅。」他回。

「沒壞嗎？」

「想到是妳花力氣做的，我一定要吃啊。但妳要搞清楚，我不是因為感動，我是吃來消氣的。」

我笑了。

「欸，妳平安符要不要借他戴？他應該卡到了！還是妳放心經給他聽，讓他放下執著，妳還功德一件！」

「你很煩。」我笑著說。

「良言總是不耐聽的。我的平安符功用真的很多耶，妳看看妳不感謝我就算了，還老是欺負我、設計我、指使我、陷害……」

「晚安。」沒等他抱怨完，我已經掛掉電話了。

紀東炫說得對，我沒有做錯，就沒有必要心情不好。我不停告訴自己這句話，最後就不知不覺地睡著了。

隔天，我恢復到正常，而學長也一樣沒有跟我聯絡。整整兩天他都沒有傳訊息，也沒有打電話給我。

我很難過，但又不想妥協。

戀愛真的是一場自己和自己的攻防戰。

「立湘，我送妳過去。」依依走到房間門口對我說。

「謝謝。」今天是三劍客再度重逢的日子，我從下午就開始緊張。

依依打量了我一眼，「等我一下。」

一分鐘過後，她拿了一套藍白雙色的洋裝遞給我，「換這件。」

「這會不會太隆重了？」我說。

「那麼多年沒見了，當然要用隆重的心情去面對啊！這套很適合妳，快換上，等等幫妳上點淡妝。」

我思考了一下，接過洋裝。

依依說得對，十幾年沒見，是該隆重。我快速地換好，依依再幫我化了點妝，又幫我把頭髮夾出浪漫的波浪卷，我都快不認識鏡子裡的人了。

「妳看妳，稍微打扮就漂亮成這樣。」依依驕傲地猛盯著我，我不好意思的笑了笑。

接著帶著她們三個人給我的信心出門。

「我走下去就好了。」我對專程送我過來的依依說。

「沒關係，這裡有停車位，我陪妳下去，確認你們碰面了我再走。不然如果突然有變卦怎麼辦？現在可是晚上耶，連我們都很少晚上帶妳出門了。」依依貼心地說。

我感動地看著她。

她笑著摸了摸我的頭，「不用太愛我，我已經名花有主了。」我當然知道，而且我根本打不贏尚昱哥。

依依就陪我在站餐廳門口等著，沒多久瑩瑩來了。

「天啊！立湘，妳今天好漂亮。」她讚美地說。

我笑了笑，依依則是一臉驕傲。我對瑩瑩說：「跟妳介紹一下，這位是和我一起住，像姊姊一樣的室友童依依。」

「立湘，妳混得不錯嘛，還以為妳會每天痛哭流涕，沒想到還有姊姊照顧妳。」瑩瑩開起玩笑。

但依依生氣了，「妳真的希望立湘每天痛哭流涕嗎？」

氣氛突然一陣尷尬，智維的聲音在這時出現，叫著瑩瑩的名字。我和瑩瑩同時轉過頭。抱著兩個雙胞胎的智維愣在原地，一張臉同時閃過一百種表情。我看著他，心裡也激動萬分，手腳都僵硬了。

智維把手上的雙胞胎交給站在一旁的老婆，然後朝我跑過來，仍是不敢置信的表情。

走到我面前，他緊緊擁住我，我也緊緊地抱住他，我們同時流下了眼淚。

過了好久，他才放開我，擦去眼角的淚水，上下打量我，然後又流出眼淚。

「好了啦！不要哭了。」我哽咽著說。

智維用著比我更濃的哭腔說著，「這輩子，能夠親眼看到妳好好地站在我面前，真的沒有遺憾了。」

「你少誇張了。」我邊哭邊笑，小狗撒尿。

站在一旁抱著兩個小孩的漂亮女人開口，「是真的，他常常提到妳，說妳是他高中最好的朋友，每次都說，要是能再和妳見面，他要吃一個月素。老公，明天開始了喔！」

智維笑了。我們拉著彼此的手，沒辦法放開，能夠再見到他，真的好開心。

介紹完彼此後，依依對大家說：「好了，快進去吧！」然後轉過頭對我說：「立湘，快結束時打電話給我。」

坐定位置之後，我逗著那兩個可愛的雙胞胎玩，對智維的太太宜璇說：「從現在開始，我就是乾媽了。」

宜璇也笑著，「妳一直是啊，我們客廳裡有一張你們三個人的合照，智維都教他們說，這是乾媽。」

我感動地看著智維，他一臉得意。

吃飯時，我們聊得很開心，除了瑩瑩。她一直興趣缺缺，有一搭沒一搭地回應著我們，眼睛不停盯著手機看。

「妳嘛幫幫忙！放下手機，工作有這麼重要嗎？立湘就在這裡耶！就在我們眼前耶！」智維唸著瑩瑩。

瑩瑩站起身說：「我看你們聊天就很感動了。我要去上廁所。」接著離開座位。

「不是我愛唸她，公司又不是她開的，每次見面就是一直拿手機，說公司有事。妳知道她在耀然學長公司吧！」智維對我抱怨著。

我點了點頭。

他繼續說：「原本好好的彩妝師不做，說學長需要她，就去了，不知道在跟人家拚什麼，搞得每年近視都加深，年初才剛做完雷射，醫生都說了要她好好讓眼睛休息，她都照滑啊！」

「雷射？」

智維點了點頭，「對啊！還是宜璇陪她去的。」

年初雷射，那為什麼才過半年多，她近視就加深了，還深到看不見我？

「那家雷射做得不好嗎？瑩瑩說她近視加深了。」我說。

「她視力好得很，上次吃飯，她還看到飯裡有螞蟻，馬上叫來服務生，我們那餐可是一毛錢都沒有付。」智維笑著說。

所以瑩瑩對我說謊了？我不想相信。

「好了不說她了，那妳和學長再遇見之後，有什麼進展嗎？」智維八卦了起來。

我傻笑了兩聲。

「有喔有喔有喔！不錯嘛！唉，繞了一大圈，是妳就會是妳的。」他語重心長。

「什麼意思？」我好奇地問。

「沒什麼，看妳現在好好的，我很安心。」智維突然很感性的看著我，我總覺他的話沒有說完，但我現在也不方便再問。

瑩瑩去了很久才回來，一坐下又拿起手機。「蘇瑩瑩，妳是來玩手機的嗎？」智維不滿地說。

原本愛理不理的瑩瑩突然開朗地對大家說：「我們來自拍一張吧！十幾年後的三劍客！」

於是宜璇用了瑩瑩的手機幫我們三個人拍了很多合照，我也和雙胞胎拍了好幾張。拍完照片後，瑩瑩繼續專心地玩著手機，我幫她挾了幾樣菜到碗裡。

「謝謝。」瑩瑩說完把手機放在桌上，拿起筷子吃東西。

就這麼大剌剌放在我眼前的手機，螢幕上出現了她和某個人的對話框裡，有我們剛剛拍的一張合照。

瑩瑩傳給了誰？我看著她，想問，但沒有問。

時間過得很快，一下就到了餐廳打烊的時間，服務生來幫我們結帳。瑩瑩看了帳單，對服務生說：「這金額是不是打錯？滑蛋牛肉明明是三百五，你算四百？」然後指著門口的黑板，上面寫著本日特價滑蛋牛肉三百五。

智維笑著說：「那麼遠，妳都能看到？」

「開玩笑，雷射兩萬五不是白花的。」瑩瑩得意地說。

我想她完全忘了她說過的謊。我看著瑩瑩，覺得她好陌生，她的笑容，她說的話，雖然都是她，但笑容和言語都和我有了距離。

現在我可以確定她對我說謊，但我不知道她為麼要說謊。而我想，她是不會告訴我理由的。

畢竟，可以說實話誰又願意說謊。

我準備打電話給依依時，宜璇說要送我回去，所以我只好告訴依依不用過來接我。

和瑩瑩道了再見，我上了智維的車，從後照鏡看到瑩瑩仍站在餐廳前盯著她的手機。

「叫學長少派一點工作給瑩瑩吧！她也三十歲了，老是守著工作也不是辦法，趕快找個伴比較實在。」駕駛座上的智維說。

「好。」我笑了笑，「這幾年，你和瑩瑩都有聯繫嗎？」我問。

「偶爾，因為她很忙，我有了小孩之後也更忙了。」他透露出成為父親的無奈。

宜璇在一旁打趣道，「還好你沒有說，是娶了老婆更忙。」

智維伸手握住宜璇，看到他有個這麼好的歸宿，我很替他開心。

「我覺得瑩瑩變了很多。」我說。

智維忽然收起笑容，感嘆地說：「是變了很多。」我從後視鏡和智維眼神接觸，總覺得他有很多話想對我說，但一路上他什麼都沒有說。

到了家門口，宜璇叫我有空要去他們家玩，而兩個雙胞胎早在路途中就睡著了。和智維約好要常聯絡，一個月一定要見一次面，心滿意足地道了再見，有老朋友真好。

看著智維的車駛離，轉身要進去，紀東炫就大字型擋在大門口，眼睛突然一亮。

「妳今天也太漂亮了吧！」

謝謝他發自內心的讚美，但我沒心情和紀東炫吵鬧，因為瑩瑩真的對我說了謊。

「走開。」我說。

「妳幹嘛火氣那麼大，聚會不開心嗎？不是跟十幾年老朋友見面，幹嘛一回來就臭臉？又卡到了？還是別人卡到了？就說妳平安符要送他們啊！」紀東炫不停說著。

「如果有人騙你，你會怎樣？」我問。

「不會怎樣。」我和他同時說。我一問完就知道他要講什麼，真的覺得自己白問。

「妳好懂我，我們心有靈犀。」他笑著走到我面前，伸出食指，再抓著我的食指碰了一下。

「幼稚。」我甩開他的手。

「妳才幼稚。別人說謊，擔心謊言被揭穿的是他們，妳跟人家心情不好什麼？說謊下地獄要被割舌頭，妳住天堂的是要跟人家計較什麼？」他的歪理真的有夠多。

「所以我是天使。」

「不，妳會去地獄，因為妳現在就在說謊。」他指著我，嚴厲地說著。

我伸手拗了他的手指，他痛得哇哇叫。在我下地獄前，先讓他嚐嚐地獄的滋味。我們兩個又打鬧了起來。

「立湘……」學長的聲音突然出現。

我們兩個馬上停止動作。紀東炫生氣地對我說：「好心聽依依的話下來等妳，還被妳打，妳等一下自己上去，我要把樓梯的燈都關掉！」然後轉身打開大門走進去。

為什麼都是這個時候被學長遇到，這幾天我跟紀東炫根本講不到兩句話。

「晚上去哪裡了？」學長以平靜的語氣開口，但我覺得他的話中有微微的怒意。

「和瑩瑩跟智維去聚餐了。」我說。

「怎麼沒告訴我，我可以陪妳一起去。」

「怕你還在生氣。」是誰先已讀不回？

「我沒有生氣，只是這兩天太忙了，沒時間打電話給妳。」

「工作還好嗎？」

「嗯，你們都聊了些什麼？」學長問著。

「以前的事。」我說。

「就這樣？沒別的了？」學長繼續問。他給我的感覺不是關心，語氣裡也有一點慌張。重點是，我不知道怎麼回答，老友聚會本來就是聊以前的事啊！

我搖了搖頭。

學長好像鬆了一口氣，我想起智維的交代，「對了！」

學長的臉色突然又閃過一絲恐慌。他今天為什麼這麼心神不寧？我接著說：「你是不是給瑩瑩太多工作了，她整個晚上都沒有心情和我們聊天，都在處理公事，智維要你少派點工作給她。」

一說完，學長又鬆了一口氣，馬上答應，「知道了，我答應妳，會減少她的工作量。」

我點了點頭，學長走過來抱住我，然後低頭吻我。胃裡沒有出現噁心感，我有點開心，卻不是因為學長吻我，而是我發覺自己好像又進步了一點。

「抱著妳的感覺真好。」學長在我耳旁說：「不要再跟紀東炫玩了，我怕我有一天會被我的醋淹死。」

「對不起。」我說。

學長突然說：「如果真的覺得對不起，就陪我參加餐會。」

我為難地看著他。

「陪我，這麼重要的時候，我希望是妳陪在我身邊。出席十分鐘就好，好不好？」他眼神裡的期盼和渴望，實在讓我很難拒絕。

我看著他，好為難。

「拜託，陪我。」他再次懇切地說。

我妥協地嘆了口氣回答，「就十分鐘。」

學長開心地把我抱得好緊，我感覺肋骨快要斷掉了，差點呼吸不到空氣，他才放開我，陪我上樓。到門口時，我拿了鑰匙開門，正準備進門，學長拉住了我，我回過頭看他。

他很正經地對我說：「我剛才有沒有說妳今天很漂亮？」

我笑了笑，對他說了再見，然後進門。一脫掉鞋子，心裡湧起的是面對餐會的恐懼，後悔自己心軟答應。

「聚會不開心嗎？怎麼愁眉苦臉的？」依依坐在客廳，看著走進來的我說。

「很開心啊！」想到智維我就笑了。

依依突然變了個臉，質問我，「那個瑩瑩真的是妳好朋友嗎？說那什麼話？」

我坐到依依身旁安撫她，「瑩瑩本來就心直口快，妳不要想太多，也別生她的氣。」

「她哪位啊？值得我生氣嗎？倒是那個智維，下次請他們全家來吃飯。」

「好。」

「房間燈幫妳開了，快去洗澡休息，很晚了。」依依貼心地說。

我拉著她的手，很有自信地對她說：「從現在開始，不用再幫我開燈了，我可以自己來。」

依依盯著我看，沒多問什麼，摸摸我的臉，欣慰地點了點頭。

「還有，以後我可以自己上樓，妳們都不用下去等我。對了，也不用叫紀東炫等我。」我說。

「我沒叫他下去啊。剛才本來我要下去，是他說他要去的。」依依說。

難道是我聽錯？紀東炫是那樣說的。算了，不重要，現在最重要的是，我需要好好睡一覺，才能面對接下來的難關。

距離新產品餐會，還有五天。

我每天都看著日曆在倒數。再順便嘆了口氣，樂晴湊到我旁邊說：「第四天。」

我回過頭，不解地看著她。

「這是妳第四天看著日曆嘆氣，幹嘛？日子有這麼難過嗎？」

「有。」我很誠實回答。

坐在沙發上玩手機的尚昱哥、看著雜誌的依依、吃水果的明怡，還有坐在地上打電動的大勇和紀東炫同時回過頭看我。

「怎麼啦？」依依問。

我拖著無力的雙腳，走到依依旁邊坐著。「下星期五晚上，有一個我設計的新產品餐會，所有合作廠商都會去，至少有一百多人，我本來不想參加，但學長要我陪他去。」

紀東炫看了我一眼，轉過頭去繼續打電動。

「天啊，就說妳不要去啊！人那麼多，妳會受不了的。」依依對我說。

「但我答應他了。」我也很無奈。

紀東炫突然站起身，「我先回去了，想睡。」然後立刻消失。他看起來有點生氣，不知道是不是因為我沒有好好把他的話聽進去？

我看著他的背影，又在心裡嘆了口氣。

依依摸了摸我的頭說：「那就沒辦法了，都答應人家了。現在只能想，那天要怎麼驚豔全場了。」

明怡和樂晴一聽到，馬上拿起雜誌，開始想著要怎麼幫我打扮，三個人開始非常熱烈地討論。我看了尚昱哥一眼，他也是愛莫能助的模樣，我只好默默離場回房間。

回到房間，我完全沒睡意，只好打開電腦工作。message 跳出吳經理的對話，要我明天到公司一趟。樣本出來了，要做最後確認。

「那就明天下午喔！」吳經理說。

「好的。」我回。

「對了，Leo 說妳要出席餐會是真的嗎？」

多想打「沒有」兩個字。

「嗯。」但我只能邊打邊嘆氣。

「太好了，好多人都很期待看到妳本人。」吳經理回。

太好了，現在我的肩膀好像壓了兩座一〇一。

最後連工作也做不下去，我躺回床上，想著怎麼克服恐懼。於是我上網查詢如何不怕生？如何不怯場？在人多的地方如何自處？如何打開心防和陌生人說話？

搜尋到我手機電力耗盡，最後只好放棄。

幾乎是瞪著眼睛到天亮，好像昨晚喝了八杯咖啡一樣，完全沒有睡意，最後還是起床把工作做完。看了一眼時鐘，時間是早上十點半，幫手機充電後，我拿了衣服洗澡。

出門前，學長打電話給我。

「我今天在台南開會，沒有辦法過去確認樣品，就交給妳了。」學長說。

「好。」

「回台北差不多五點多，我再過去接妳吃晚飯？」

「嗯。」

「我需要充電，兩天沒看到妳了。」

「這麼誇張？」我笑了笑。

「對，我誇張，妳都不誇張，妳都不會想我。」學長撒嬌地說。

我趕緊反駁，「哪有，我很想你。」

「再說一次。」依依說男人最愛得寸進尺，果然沒錯。

「晚上見！」我說完就掛掉電話。

五秒後，學長傳來訊息，「妳為什麼都把我吃的死死的？」

我笑了笑，已讀不回，然後出門。從家裡走到公車站時，剛好看到紀東炫買了便當走回來。這兩天他好像消失了一樣，都沒來吃晚餐，一定是打電動玩瘋了。

我走到他面前，「為什麼都沒有來吃飯？」

「忙。」他簡短地回。

「忙什麼？」我問。

「打電動。」然後繼續往前走。

我轉身追了過去，「你不會是在生氣吧？」

「我哪來美國時間生什麼美國氣？」他生氣地對我說。

明明就在生氣。

「去忙妳的。」他說完後拔腿就跑。我看著他的背影，也懶得追過去，反正他本來就是個怪人。

半小時後，我到了吳經理公司，開始看樣品，記錄最後需要修改的地方。告一個段落時，瑩瑩突然走進會議室。

吳經理向前去和她打招呼，瑩瑩很有架勢地對吳經理說：「今天樣品出來，總監雖然在忙，但我們這裡還是要有人過來看看。」

「蘇小姐，這麼忙還讓妳抽空過來，真的辛苦了。」吳經理陪笑著說。

瑩瑩看到我，走到過來笑著對我說：「立湘，妳也來啦！啊！我都忘了妳可是產品的設計師。」

吳經理驚訝地看著我們，「兩位認識？」

「熟得很，我們從高中就是好朋友，立湘什麼事我都知道。」瑩瑩對吳經理說著，「我們立湘可是吃了很多苦才走到今天的，平常女人根本沒有她這種毅力，要是我跟她一樣發生過……啊，沒事。」

瑩瑩及時住嘴，但我的冷汗已經流了出來。

「不好意思，我去一下洗手間。」我全身顫抖地跑向洗手間。

打開水龍頭，不停地用雙手捧起水沖著臉，我可以接受最親近的人知道這件事，但我沒有勇氣讓不熟的人知道。

「立湘，妳沒事吧？對不起，我想到妳發生過的事，就覺得妳好可憐，覺得妳真的好堅強，相信我，我不會亂說的，我是妳最好的朋友。」瑩瑩拍著我的背。

我努力順著呼吸，慢慢抬起頭來，卻從鏡子裡看到瑩瑩的嘴角在笑。我全身突然起了雞皮疙瘩，往後退一步，讓瑩瑩的手離開我的身體，因為我怕我會吐出來。

「還好嗎？」瑩瑩換了個擔憂的表情看著我。

我點了點頭。

「妳臉色這麼差，晚上怎麼跟學長吃飯？」我沒心情去想她為什麼知道我們有約，我只想離開這裡。

「麻煩妳告訴他，我不舒服，就不去了，我先回家了，再見。」我幾乎是逃難似地離開洗手間，回到會議室去拿包包。

吳經理看到我，也被我蒼白的臉色嚇到，「發生什麼事了？」

「沒什麼，只是有點不舒服而已，樣品確認得差不多了，我回去整理一下，把資料丟給妳。」

沒等吳經理回應，我用最快的速度離開公司，一到公司外，我在人行道旁就吐了起來，吐到連眼淚都掉下來。想到鏡子裡瑩瑩的笑，我就不停反胃。

我試著要打手機求救，卻發現找不到手機。可能是和學長講完電話就忘了帶出門。

「小姐，妳沒事吧？」一個阿姨好心地問我。

我哭著向她借了手機，撥了四組我唯一背起來的電話，但樂晴、依依、明怡還有哥哥都沒接電話，全世界的人都在這個時候不接我電話。

我只好把手機還給阿姨。

「沒人接喔？需不需要送妳回去？」阿姨擔心地看著我說。

「不用，我休息一下就好。」

「確定？」

「謝謝妳。」我點了點頭，對那位阿姨說。

阿姨只好離去。我蹲在自己的嘔吐物前放聲大哭，不知道哭了多久，有個人也蹲在我面前，在我的頭頂上說：「明明就好好的出門，現在把自己搞成這樣，妳也真是夠厲害的。」

紀東炫的聲音傳來了過來。我抬起頭確定是他，哭著抱住他，原本快窒息的心，在看到他滿是鬍渣的臉後，逐漸恢復正常。

他抱著我，邊輕拍我的背，邊說著，「喂！妳不要趁這個時候吃我豆腐喔！好啦！哭小一聲點，妳再這樣會被別人拍下來，然後上傳到youtube，等等害別人誤會我怎麼辦？我黃金單身漢耶！」

他越說，我哭得越大力，因為他的聲音讓我好安心。

他一定不知道，最近黃金貶值了很多。

第九章
所謂的你愛我，只是為了要合理地折磨我。

「好了，再哭我要播心經了喔！」紀東炫不停地用各種方式恐嚇我不要哭，但一聽到他的聲音，我的眼淚就自動流下來。

「你不要說話。」我哽咽外加口齒不清地說。

他嘆了口氣，把我帶到對面咖啡館裡，選了一個最裡面的座位，幫我點了杯熱牛奶後，對我說：「妳要哭也可以，要停下來休息也可以，只要好好待在這裡，我要出去一下，馬上回來，OK？」他對我比了個OK的手勢。

我點了點頭，剛剛哭得這麼瘋狂，連我自己都嚇到了，他可能也要去外面呼吸點新鮮空氣壓壓驚。

我坐在座位上，從包包裡拿出濕紙巾，把臉上的淚痕擦了乾淨，然後喝著熱牛奶，想著等一下要怎麼跟紀東炫解釋。

過了好久，他才開門走進來，額頭上有汗珠。

「你去哪裡？」我用哭到筋疲力竭的嗓音說。好奇他只是透透氣，怎麼流了滿身汗地回來。

他沒好氣地看了我一眼，本來要說，後來又住口了。

「怎麼了？」

他再看了我一眼後，開始連珠砲地轟我，「妳是有多討厭我，才想要這樣整死我？在家裡打個電動，樂晴就哭著打來說妳出事了，有個不認識的號碼撥電話給她，說妳在路邊哭，原本她不相信，後來那個人描述了妳的特徵，樂晴才確認，但她陪大勇去桃園接來台旅行的客人，只好打給我，我就衝出來找妳了。樂晴只跟我說妳這裡一帶。」

他表情誇張地翻了個白眼，「這一帶耶！那麼大一帶，我是要去哪裡？妳說說看！我找了好久才找到。這就算了，妳吐的東西不用清一下嗎？誰曉得這裡的人都不去便利商店的？全都是咖啡館，吃飽了撐著喝咖啡啊？找了兩條路才買到水清理妳的嘔吐物，妳說，妳還要整我多久？」

聽到紀東炫說著來龍去脈，我眼淚又要掉出來了。

紀東炫的手機響了，他直接接起來拿給我。我接了過來，哥哥的聲音從電話那頭傳來，「妳沒事吧！妳人在哪裡？我馬上過去接妳。」

「我沒事。」我說。

「聲音怎麼這樣？」

「哥，我沒事啦！你繼續上班，真的。」我一直強調。

哥哥也只好放棄繼續問：「晚上打給我。」

「好。」

掛掉電話後，紀東炫又繼續唸，「買水都快累死了，我還輪流接樂晴、依依和明怡的電話。她們三個都有事要晚點回家，千交代萬交代一定要把妳送到家裡。我都說好了，她們又要重複一次，好像我很笨一樣，聽不懂人話。」

「嗯。」我回答著。

紀東炫看著我，兩眼發火，「妳知道我現在有多想掐死妳嗎？不是妳哭，也不是妳吐，是妳懦弱。誰欺負妳，妳就回手，為什麼要跟人家客氣，來讓自己傷心？」

紀東炫的指責我無言以對，他說得沒錯，我懦弱。

「奇怪耶妳，明明欺負我都不手軟的。」他繼續碎唸著，十分鐘、二十分鐘過去，連隔壁桌的人也忍不住看他。

我擔心他渴死，只好把手上的熱牛奶遞給他，他喝完後又繼續唸。

「我下次會反擊。」我小聲說。

「講給誰聽？」他不屑地看著我。

「我下次會反擊！」我又大聲說了一次。

他的手離開手機，對我說了一句，「已錄音。」

我笑出來。

「不准笑，罰妳三天都不能笑。」他揶揄我。

「謝謝你。」我真的很感謝他找到我。

他瞪了我一眼，「妳不要謝我，妳每次謝完我，我都會害怕我家又要多什麼東西，妳謝妳自己，每次哭完還是會好好過日子，這大概是妳最大的優點吧！」

有嗎？我不知道我在紀東炫眼裡是這樣的人。

似乎連我自己都不知道自己是怎樣的人。

「哭好了嗎？可以回家了嗎？天都黑了。」他指了指店外暗下來的天空。

我點了點頭，和他同時起身，聽到了他肚子餓得發出超大一聲「咕嚕」。

「笑什麼，不能肚子餓嗎？還不是都妳害的？」他惱羞成怒，但我根本沒有笑。

「我肚子也餓了。」其實沒有，但我不能讓他餓肚子。

於是我們一起到附近的麵店。

「小姐，今天都只剩湯的榨菜肉絲麵喔！」

「沒關係。」我說，有得吃就好了。

紀東炫很快地把第一碗吃光，舉起手又叫了第二碗。我低頭努力地把榨菜移到一邊，他突然把我的麵拿走，換了一碗裡面沒有榨菜的放到我面前。

「等妳挑完榨菜，南北韓都統一了。不喜歡吃就去別間，不然跟我說啊！幹嘛讓自己變成小媳婦，還是妳有隱性的被虐待狂基因？那碗榨菜都在我肚子裡，請大膽食用。」

這個滿臉鬍渣不修邊幅的男人展現這麼貼心的一面，我感動地望著他。

「肉絲我也順便吃掉了。」他得意地對我笑。

感動再見。

他狠狠吃了三碗麵，「還要再叫一碗嗎？」我問著他。

「妳以為我是豬嗎？」

「難道不是嗎？」我指了指桌上的空碗，還有清空的各種滷味空盤，我趁他還在解決湯的時候去結帳，應該請他吃更好的，下次吧！

吃完飯，我們一起走路到公車站。

一路上，我們都沒有講話，只有他偶爾發出的打嗝聲。

「所以說，幹嘛吃那麼飽？」

「因為爽。」他理直氣壯地說。

我沒想要回應他，結果他又開始了，「妳不覺得胃很滿的時候，人生也跟著圓滿，日子也跟著美滿嗎？對我來說，人生最痛快的時刻，就是打嗝的時候，吃不飽還打不出嗝耶，妳傻傻的。」

「你好樂觀。」我說。

「是妳太悲觀。」他說：「很多事本來就是取決自己的態度，如果身上只有一塊，有些人擔心，怎麼辦，我只有一塊，而有些人會開心，還好我有一塊，妳就是有一塊還在擔心的人。」

「重點是，這個世界上，有沒有那一塊，有時候根本都不重要。」他看了我一眼，「是不是聽不懂？是不是很深奧？是不是崇拜我？是不是覺得我小金城武？」

「覺得你很吵而已。」我知道他在說什麼，但我不想讓他得意。

「口是心非。」他說。

搭上了公車，雖然沒有位置，但站的空間還很多，不用人擠人。我鬆了一口氣，沒想到，到了下一站，人潮就這樣湧了上來，頓時變的好擠。太多陌生的肢體碰觸，讓我幾乎要窒息。

紀東炫把我拉進懷裡，把我的頭按在他胸膛，輕聲說：「閉上眼睛。」接著開始，

「來，快問快答，我的床組是什麼色？」

「白色。」我馬上回答。

「我客廳有幾副鍵盤？」

「五副？」

「錯。」

「六副？」

「是四副，今天剛玩壞一副。」

我捏了他的腰間肉一下，他大叫一聲，然後繼續問。

「床單上的小碎花是什麼花？」

「玫瑰。」

「總共有幾朵花？」

我氣得推開他，「最好你知道答案！」

他笑了笑，「當然不知道啊！我只知道我們到站了！」

我回過神，公車上的人潮不知道什麼時候少掉了一半，而公車也剛好停下。沒想到這樣一問一答成功地轉移了我的注意力，我有點忍不住要崇拜紀東炫了。

紀東炫先下車，在車門口等我，我也趕緊下車。但腳步一個沒踩穩，腳踝就這樣扭了一下。我摸著發疼的腳踝，覺得今天好倒楣。

紀東炫一臉不可思議地看著我，「不過就是下個車妳也能扭到，我的手都伸出來讓妳扶了妳還能扭到，剛剛誰罵我豬的，要不要收回去罵自己？」他邊罵邊蹲下來看我的腳，用手一握，我痛得叫了出來。

他看著我猛搖頭，然後把手機遞給我。我一臉疑惑地接了過來，他轉身背對我蹲下，繼續唸，「我真的不想罵妳，心經自己播出來聽，妳明天不用去看骨科，妳需要的是各大廟宇去走一趟，上來！」

我正要開口，「不要說不用！」他卻先說了。

我只好爬上他的背，「心經還不快點播出來。」他生氣地對我說。

自知理虧，好好的路我也能受傷，他生氣是應該的，我打開手機裡的 youtube 頻道，隨便點了首心經，讓他背著走回家。

「從我認識妳的第一天，妳的腳就沒有好過，然後偶爾久久一次卡到陰，妳是不是犯小人啊？不管了，妳不要給我頂嘴，明天帶妳去拜拜，給人家改改運。還是妳今年犯太歲？」

從巷口都快到家了，他嘴就是沒有停過。

晚上的風涼涼地吹到我的臉上，很舒爽，經過隔壁劉媽媽種的一株桂花樹，我伸手摘了一小段，放到鼻間聞著，桂花的香味一下就傳到大腦，好香。

「你喜歡桂花嗎？」我問。

他騰出一隻手，把一樓大門打開，「我只喜歡桂花綠。」然後背著我走上樓。

「想喝嗎？」我手裡有桂花，家裡有綠茶，我可以幫他做。

「我現在只想把妳丟下去，妳重死了，妳的骨頭有一百公斤。」他開始喘著，我笑了笑，把桂花插在他的耳後。

「你現在好美。」

他轉過頭瞪著我，然後突然笑了，接著又轉過頭去，背著我說：「好啦，也好啦！人就是要苦中作樂啦！人生嘛！苦本來就是比樂多，很好！很好！經過我的調教，有進步了，就像我現在……呼……說服，呼……老子背的……呼，是林志玲，呼……」

我笑著用力把全身重量壓在他身上。

他大吼，「是重死的林志玲。」

我笑了笑，然後在到達家門口時，看到耀然學長正站在那裡等著我。我收起笑容，沒有見到他的快樂，只有等等要面對吵架的痛苦。我覺得有點累了，不就是談個戀愛嗎？

紀東炫輕輕把我放下來，結果學長走向前來，伸手就是給紀東炫一拳，紀東炫跌倒在地上，我嚇了好大一跳，生氣地對學長吼，「你在幹嘛？」

「我在幹嘛？」學長生氣地看著我。

「是你們在幹嘛？是妳在幹嘛？妳答應過我什麼？為什麼一再違背妳對我的承諾！妳說不會再和他接觸，但我現在看到的是什麼？」學長氣得雙眼發紅，瞪著我吼。

「我們根本就沒有怎樣，我腳扭傷，他背我上來，就這樣而已，你有先問一下嗎？出手就打人，你以前不是這樣的人啊！」我也生氣地對他吼。

學長看了一眼我的左腳，只能輕輕踮著，眼裡的火氣瞬間變小。

「道歉。」我對學長說，但他卻只是瞪著我，什麼反應也沒有。

「不必。」紀東炫撫著左臉頰，面無表情，繼續說：「我不還手，不是因為覺得背她上來有錯，而是因為你是她重要的人，我不想她難過。」

我聽著紀東炫的話，心裡滿是對他的歉意。

他轉過頭來看著我，「有話好好說，我先回去，有事大叫，我會馬上下來。」我感動地看著他。

他轉身上樓。

「妳確定你們沒有什麼？」學長到現在還在懷疑。

我累了，什麼都不想談，「你先回去吧！我想休息了。」

聽到我這麼說，學長火氣又瞬間爆發，「妳到底有沒有考慮過我的心情？約好了結束在吳經理公司樓下等，我在那裡等了半個小時都沒有看到妳，撥妳手機妳沒接，打妳家裡電話也沒有人接，我只好跑來找妳，在這裡又整整等了兩個小時，妳知道我有多擔心嗎？」

看著學長焦急擔心的樣子，我心裡也感到很抱歉。但我明明就請瑩瑩轉告他，她也答應我了。

「我忘了帶手機，我有請瑩瑩跟你說晚上要取消。」我說。

「妳確定妳跟她說了？還是跟樓上那個玩瘋了？親愛的東炫？哪個女人會這樣叫別的男人？」學長諷刺著我，我聽了非常難過，什麼都不想再解釋了。

我拿了鑰匙準備開門，學長一伸手拍掉我手上的鑰匙。我的手微微地痛著，我從沒見過學長這麼不理性的一面，他讓我很失望。

「你到底要怎樣？我解釋了，你又不聽。我很抱歉讓你等很久，是我的錯，但從剛剛到現在，你關心過我受傷的腳嗎？你問過我哪裡不舒服所以取消嗎？沒有，你在乎的只有你自己。」我生氣地說。

「那妳想過我嗎？約會說取消就取消，還讓我看到妳和別人的男人有說有笑，妳知道我心有多痛嗎？」

「對不起。」我累到只能說對不起。

「怎麼啦？在吵什麼？」依依的聲音打斷了我們的爭執，她走到我旁邊，打量我們兩個，然後撿起地上的鑰匙。

「沒什麼。」我說。

依依看著我，對學長說：「很晚了，有事改天再說，立湘的黑眼圈都要出來了。」接著打開門，輕推著我進去，繼續笑著對學長說：「不好意思，我要押你女朋友去睡了，你也早點回去吧！」

學長只能點點頭。他看了我一眼，但我不想看他，腳一跛一跛地走進客廳。身後的依依把門關上，看到我的腳又受傷，把我扶到沙發上坐下。

「腳怎麼了？」

「扭到。」

「妳現在還好嗎？」

「不好。」我說。

依依抬起頭看我，她那麼聰明，一定知道我們剛剛發生不愉快。

「談戀愛好累。」我對她笑笑。

她嘆了口氣，無奈地笑了，「都是這樣的，先別想這個，我們先處理妳的腳。」

我點點頭。

依依丟下包包，快速地到冰箱拿了冰枕，幫我冰敷腳。「先冰敷一下，等等再熱敷，會比較舒服。」

冰塊舒緩了疼痛，我累了，就這樣在沙發上睡著。再次醒來時，她們三個人都在客廳了，而腳上的冰枕也換了溫熱的毛巾。

「醒了？喝點水。」明怡把水遞給我，我喝一口，連喉嚨也舒服多了。

「妳今天這樣也沒辦法洗澡，先好好睡一覺。明天如果起床腳踝腫了，那就得要去看醫生。」依依看著我說。

「好。」

樂晴扶著我進房間，我一躺到床上就馬上睡著。她們三個人很有默契地不問我發生什麼事，雖然她們臉上都掛著想知道的表情，但我真的沒有力氣再應付今天。

隔天醒來，已經是下午了。

我緩緩下床，腳踝幾乎已經感覺不到疼痛，只是有點痠痠刺刺的，但走路並沒有昨天那麼痛了，天祐立湘。

我到浴室好好梳洗了一下，整個人才恢復清爽。工作桌上，樂晴準備的早餐已經涼了，但我還是把它全部吃完，然後把昨天確認的樣品資料好好地整理後，email 給吳經理，再處理其他客戶的問題。

不是沒有想到昨天晚上的事，而是生活還有其他的事，我也需要空下心和時間來處理，那些不知道怎麼處理的，就只能先放到一旁。

重點是，我的手機就這樣不見了，連想打電話問紀東炫有沒有好一點都沒有辦法。

明怡敲了敲我的門，然後打開門對我說：「吃飯了。」

我點點頭，走了出去。

「腳還痛嗎？」依依問。

「不痛了。」我微笑。

這頓飯吃得有點安靜，我當然知道為什麼，在心裡嘆了口氣。面對學長之前，我得先好好面對她們。

「我和學長吵架了。」我一說完，她們都活過來了，眼睛瞪著老大。辛苦她們，憋了這麼久。

我簡單地把昨天的事帶過。

她們開始說自己的看法，樂晴和明怡能夠體諒學長，依依則是問我，「妳家學長以前脾氣也這樣嗎？」

我搖搖頭，「沒見他發過這麼大脾氣。」

「因為等了兩個半小時耶，又沒辦法聯絡上，誰都會生氣吧！」樂晴挾了塊雞肉到我碗裡。

「可是我昨天看他那樣，老實說，我覺得他情緒管理有問題，而且也太愛吃醋。紀東炫對他來說根本沒有威脅性啊！如果我是他，感謝紀東炫都來不及了。」依依抽絲剝繭，好像柯南。

「人一碰到感情，本來就很難理性。」樂晴繼續說。

「是沒錯啦！但妳們昨天沒看到，那學長的眼神真的有夠凶。」依依模仿著學長的表情，把她們逗笑了。

「可憐的紀東炫，等幫他燉個湯補一補。」樂晴起身，開始在冰箱裡翻來翻去。

「謝謝。」我對樂晴說。

「謝個頭。」她這樣回應我。

明怡嘆了口氣，「不管怎樣，就算是誤會，兩個人也該好好溝通，立湘，這兩天妳就冷靜一下，也讓學長冷靜一下，好不容易走到這裡，兩個人都應該要珍惜。」

「是啊，多難得的緣分。」依依附和著，「先冷靜一下，搞不好兩天後想想，都覺得自己情緒太過激動。」

我點點頭，她們說的，也是我心裡想的。

「立湘，談戀愛比做任何事都需要勇氣，因為守護對方是非常艱難的事，一路上，會遇到很多困難，會讓妳放棄，會讓妳灰心，而且難關永遠不只有一個，如果妳不夠勇敢，愛很快就會消失。」依依用過來人的心情對我說。

明怡和樂晴兩個過來人也用力點頭。

「嗯。」我聽進去了。

但至於勇敢，到底要怎麼勇敢？

吃完飯後，我回到房間，繼續找著我的手機，但怎樣都找不到。樂晴她們也幫忙找還是找不到，依依帶著我去補卡辦新手機，幸好之前手機裡的資料都自動備份到雲端，回到家後，用電腦恢復備份，聯絡人資料一個也沒有少。

手機設定完畢後，第一件要做的事，是打給瑩瑩。

等待電話被接起的過程，我是害怕的，尤其她的笑容，從昨天開始，不時躍進我的腦海裡，即使害怕，我今天仍要勇敢。

「喂？」

「是我，立湘。」

瑩瑩愣了一下，熱情回應，「是立湘啊，怎麼啦？」

「昨天我請妳幫我跟學長取消吃飯，妳跟他說了嗎？」我問。

瑩瑩馬上慌張地說：「天啊！我居然忘了，妳也知道昨天很忙，我在吳經理那裡多待了一陣子，回到公司又忙別的事，就忘了告訴學長了，他等很久嗎？」

聲音，有時候也聽得出來誠不誠實。

「有，而且他不接我電話，妳可以請他撥給我嗎？」我說。

「好，我明天進公司跟他說，妳不要難過，也不要想太多，學長都是氣一下就過的。」她對我說。

「那就麻煩妳了。」

「幹嘛跟我客氣，我們是最好的朋友。」她笑著對我說，但我完全沒有感受到什麼是最好的朋友。

掛掉電話後，我走出房門，看見樂晴正提著一個保溫壺準備出門，我喊著她，「樂晴，讓我去。」

樂晴點點頭，把湯交給我。

我提著那壺湯上樓，敲著紀東炫的門。過了很久他才出來開，我看到他的臉整片瘀青，對他的歉意多到幾乎要把我淹死。

「欸妳不要給我在這裡哭喔！」他吼著我。

「我沒有要哭。」昨天哭太多，今天沒有淚水可以用。

「那妳給我解釋一下妳這表情是什麼意思？不要同情我喔……」沒等他說完，我就把他推進去，走進他家拿出小桌子，把湯打開。

「喝掉。」我說。

「好啦，妳快回去，我喝完再自己拿下去就好。」他接過湯，就馬上趕我走。

「我看你喝完。」我說。

他一臉受不了的表情瞪著我，「妳以為我三歲嗎？下去啦！以後少上來。」

我看著他，知道他為什麼要趕我下去，他也看著我，兩個人的表情都很無奈。我嘆了口氣後起身，然後轉身離開。

或許，愛一個人，都得失去一點什麼吧！

但失去紀東炫，讓我的心情非常不好。

接下來幾天，學長都沒有和我聯絡，我也沒有找他，我故意再打電話問瑩瑩，她說她跟學長說了，叫我多點耐心等等。雖然她這樣說，我卻一點都不相信。測試人性是一件很危險的事，但我已經做好準備。

餐會就是今天。

我還在猶豫要不要去。現在不去，剛好如了我的意，但我答應過學長，我想要做到陪他出席。

「還沒想好？」依依走進房間坐在床上看著苦惱的我問。

我點點頭。

「妳想和學長分手嗎？」依依問。

我搖了搖頭，這幾天，我非常想他。

「那就去吧，趁這個機會和好。」依依說。

「沒錯。」樂晴和明怡不知道什麼時候站在房間門口，附和著依依。

於是，一個小時後，我換上了一套白色小洋裝，踩著我從沒穿過的高跟鞋，長髮讓依依幫我梳了起來，整個人神清氣爽地站在鏡子前，總怕自己會像灰姑娘，美麗的魔法會在一瞬間消失。

餐會的場所，就在明怡和尚昱哥工作的飯店，依依陪著我來。

「好了，妳進去吧！我去尚昱辦公室找他，妳結束後打給我，我在那裡等妳。」依依幫我順了幾根掉下來的劉海。

我點了點頭。

服務生幫我打開門，富麗堂皇的宴會廳，被白色和黑色的裝飾襯更加亮眼，舞台上四個展示櫃，放的都是這次的新產品。背後的大屏幕投影著產品名字，一整排的 buffet 都是頂級的食材，服務生端著各種酒，穿梭在賓客之間。

電視上常看到的畫面，但對我來說非常陌生。

看到一群一群賓客各自聊天，我好像誤闖森林的愛麗絲，在遇到紅心皇后之前，我得要先逃開。但我一轉身，吳經理就在我面前。

她看到我，驚訝地說：「天啊，朱小姐，妳來了！妳今天好美。」

「謝謝。」我想對她笑，但我笑不出來，因為我沒逃掉。

「Leo 也來了，剛還在我在後面。」

吳經理一說完，我就看到耀然學長西裝畢挺地走了進來，而勾著他的手站在他身旁的，不是別人，而是蘇瑩瑩。

她看到我，臉色微微一變，接著馬上笑著對我打招呼。

我深呼了一口氣後，給了她一個燦爛的笑容。

耀然學長走到我面前，目不轉睛地盯著我看。還沒有和好的我們，彼此表情都有點尷尬。我正想開口，瑩瑩突然大聲地對我後方揮手，「陳董！」然後拉著學長離開。「總監，快去跟上海來的陳董打招呼。」

對工作一向很有野心的學長馬上快步向前去。

「立湘，妳就好好享受，等等發布會的時候會邀請設計師上台，妳可不能偷跑喔！」吳經理笑著對我說。

我點了點頭。雖然我無時無刻想偷跑，但偷跑這件事，是在被人發現之前，現在要偷跑已經有點晚了。

於是，我站在大廳的最角落，看著瑩瑩陪學長四處交際應酬，這點是我做不到的，看他們一起聊天，瑩瑩依偎著學長笑，學長低頭在瑩瑩耳邊說話，這一瞬間，我覺得他們才是一對。

突然站在我左前方兩位男士，年紀看起來很輕，開始聊著，「你看 Leo，有個瑩瑩就什麼都搞定了。」

「是啊，他運氣好。」

「他們是不是在一起啊？」

「就算沒在一起，也肯定有些什麼。聽他們公司的人說他們兩個常一起加班到深夜沒回家。」

「這就難怪，哪有員工這麼任勞任怨的。」

他們的話，讓我忍不住移動了腳步，無法再聽下去。很快地，發表會就要開始了，大家集中在舞台前，主持人是瑩瑩。她大方地站在舞台上，熟練又幽默，讓全場來賓開心。

吳經理把我拉到前面，站在我旁邊，「等一下的順序，是我先上台，再來是Leo，再來換妳，想好要說些什麼，加油！」

我笑著點了點頭，但其實腦筋一片空白。

很快的吳經理上台了，學長不知道什麼時候站到我身邊，輕輕的握住了我的手，我轉過頭看著他，他也看著我，然後滿臉歉意，輕聲的對我說了句，「對不起。」

我看著他，微笑的搖了搖頭，吵架很快，合好也好快。

「接著，讓我們歡迎自由設計的總監，Leo！」瑩瑩的聲音打斷了我們，我放了學長的手。

學長微笑地對我說：「等妳上來，我要向大家宣布。」

我點點頭，這一次，我一定要勇敢。

看著學長上台，轉過頭去看了瑩瑩一眼，竟發現她正在瞪我，而看到我的注視，她馬上對我揚起笑容。我也是女人，從遇見瑩瑩後到現在，她的所有行為，讓我覺得她對學長的感情沒那麼簡單。

我對她來說是一種威脅。

所以該害怕的人不是我，是她。因為害怕，所以她才會不停說謊。

學長致詞完，我不停地深呼吸準備上台，但瑩瑩就這樣跳過我進行下一個程序。

結束後，學長和吳經理一起下台。

吳經理對瑩瑩說：「不是要介紹設計師嗎？怎麼沒有？有多少記者是為了設計師來的？」

瑩瑩一臉委屈，眼眶泛紅，「對不起立湘，我太緊張了，請妳不要怪我。」

「沒關係，我也很緊張。」我說。

學長一臉怒意地看著瑩瑩，瑩瑩楚楚可憐，帶點哽咽地對學長說：「對不起。」

學長轉過頭去不看她，瑩瑩難過地說：「我先去一下洗手間。」然後快步離開。

吳經理對學長說：「雖然很可惜，但你也別怪蘇小姐了，她真的表現的很好了。」

我看著瑩瑩離去的背影。

「我也去一下洗手間。」我對著學長和吳經理說。

到了洗手間，我看到瑩瑩哼著歌，從第一間廁所出來，走到洗手枱台前，我也走到她旁邊，她正打開包包，要拿出粉餅補妝，但包包沒有放好，不小心掉了下去，所有東西都掉了出來。

我不見的手機也在其中。我撿了起來，看瑩瑩臉上閃過一絲驚慌，我卻很平靜地對她說：「我們可以談談嗎？」

她看著我，面無表情，「隨便。」

我和她來到飯店外的後面庭院，我思考著怎麼開口。

「要說什麼？」她有點不耐煩。

「為什麼我手機會在妳包包裡？」我看著她問。

「在吳經理公司撿到的，我不知道那是妳的手機。」她說。

我覺得很失望，如果瑩瑩要對我說謊，我希望她可以真的好好說，說一個讓我可以接受的謊，那我會很甘心被她騙。但她現在是連謊都懶懶得好好說的態度。

我的手機，還是 iphone4，那天和智維聚餐，她還笑我手機老舊，到底是她記性不好，還是我的記憶力太好。

但都不重要了，我想，我不是她最好的朋友。

「妳是不是喜歡學長？」我直接問。

她先是愣了一下，然後一臉不屑地對我說：「我說喜歡的話，妳就要讓給我嗎？妳朱立湘有那麼大方嗎？」

「不會。」我也很直接了當。

「那有什麼好講的？」瑩瑩的口氣很差。

「妳為什麼要說謊？」我問她，紀東炫說過的話，都深深記在我腦海裡：別人欺負妳，妳就回手，為什麼要自己受傷自己哭？

我要回手了。

「說什麼謊？」

「妳視力很好，妳那時候根本就看到我了，但假裝不認識我。我請妳告訴學長晚上要取消約會，但妳沒有，說妳忘了，我想這兩天請妳叫學長和我聯絡，妳也根本沒有開口。而且妳怎麼會不知道那是我的手機？」我說。

她看著我，冷笑了一下，「是啊，那又怎樣？我就是故意想裝作不認識妳，那又怎樣？我就是故意不說，怎樣？那是妳手機，又怎樣？」

「妳口口聲聲說我們是最好的朋友，也是在說謊。」我說。

她好像豁出去了一樣，「對啊！妳說得沒錯，而且這個謊我還說了十幾年，是不是覺得妳自己很蠢？是不是覺得妳自己很好笑？」

「什麼意思？」我心涼地問。

「朱立湘，大家都只喜歡妳，我超級討厭妳的。我喜歡上智維，智維說他喜歡妳，我喜歡上學長，學長也說他喜歡妳。妳長得又不比我漂亮，憑什麼擁有那麼多的愛？」

我不敢置信地看著她。

「拜託一下，收起妳那張醜死又無害的臉好嗎？我看了就他媽的想吐，妳就是用這張臉在騙男人，才會有那麼男人不長眼被妳騙了是不是？」瑩瑩突然用力推了我一把，我忍不住向後退了好幾步。

「妳在幹嘛？」學長不知道什麼時候來到我旁邊，對著瑩瑩大吼。他站在我旁邊，擔心地詢問我的狀況。

但我一句話也說不出來。我難過的不是她推我，而是至少在今天之前，我一直覺得那些友情都是真的。但現在她卻告訴我那全都是假的，我覺得自己正在一場睡不醒的惡夢中。

瑩瑩用著不屑的眼神看著我，忿怒地指著我，「我想我要選個班長，大家叫我別做夢，因為妳比我適合。我不管要做什麼，大家都說妳做得比我好，每次看到妳對我笑，我就噁心的想呼妳兩巴掌。

「夠了沒有？不要再說了！」學長大聲制止她。

「為什麼不能說？是你不敢說吧！還是我來幫你說？」瑩瑩難過地看著學長。

「閉嘴！」學長大吼，衝到瑩瑩面前，差點就出手打了她。

瑩瑩見狀，冷冷地笑了，「我為什麼要閉嘴？你在我床上的時候，不是這樣說的。」

我以為我聽錯了，但瑩瑩繼續指控學長，證明我的聽力沒有問題，「你沒有告訴她，在你跟她重逢之前，我是你的床伴嗎？現在朱立湘回來了，就把我甩到一邊嗎？她哪裡好？一個被人強暴過的女人，到底哪裡好！」

我腿軟地癱在地上，無言地看著他們。學長朝我跑了過來，「不要過來！」我對著他吼。現在再看到他的臉，再聽到他的聲音，都會讓我馬上吐出來。

被強暴這個傷口，對我來說已經不算什麼了。這段我自作多情的友誼，還有學長的背叛，才是我最大的痛。我紅了眼眶，但眼淚流不下來，我只能用力地喘氣，確定自己還有呼吸。

「又在裝可憐，妳真的好噁心。」瑩瑩雙手抱胸，冷冷地酸我。

「妳這個瘋女人……」依依從我身旁跑過去，想要打瑩瑩，卻被尚昱哥拉住。

瑩瑩開始大笑，「誰瘋了？她才瘋了，居然還跟學長在一起，她才是瘋子！」

「夠了沒有！」學長對瑩瑩大喊。

依依對尚昱哥說：「把她抱起來。」然後轉過頭對瑩瑩說：「從今以後，不要再出現在立湘面前，不然我見妳一次，打一次。」

最後警告學長，「還有你，從今以後，不要出現在我們家，請你連巷子都不要進來。」

尚昱哥把我抱了起來，依依拿著小外套蓋在我身上，瑩瑩還繼續在我們身後大喊，「妳才要叫朱立湘不要再出現在我的生活，都是她！都是她的錯！」

學長跟了過來，再次被依依攔下，她和尚昱哥快速地把我帶回家，兩人在車上，什麼話也沒有對我說。

尚昱哥把我背上樓，開門的樂晴和明怡都嚇了一跳，趕緊把我送回房間，讓我好好躺在床上，幫我留了個小燈。

「燈全開。」我顫抖地說。

明怡點點頭，幫我把全部的燈打開，門也沒有關上，告訴我，「有什麼事叫我們，我們都在外面。」

我沒有回答。

只是瞪著天花板，不停重複剛剛瑩瑩對我說的話，不停地重複，連我閉上眼睛也不停地重複。連我昏睡過去，也不停地重複。當我眼睛再次睜開，一天又重新開始，而那些話卻依然在我耳邊出現。

我坐起身，試圖讓那些話消失，紀東炫剛好走了進來。

「要聽心經嗎？」他問。

「越大聲越好。」我說。

於是他幫我接了喇叭，這次播的是大悲咒。

「為什麼換歌？」我問。

「因為妳這次好像卡得有點嚴重。」

我沒回答，只是把衣服內的平安符拉出來，緊緊握著。

紀東炫拿著手機看歌詞，跟著唱起大悲咒。不知道是不是唱得太難聽，所以耳朵裡都是他的歌聲。

「你怎麼來了？」

「依依她們說有重要的事要出去一下，所以叫我下來。對了，妳哥剛來過，但還有庭要開，和我大眼瞪小眼半小時才走。妳確定妳沒有幫我找工作嗎？我好像妳的保姆兼看護，要不要推妳出去曬曬太陽？還是推妳去海邊吹吹風？那歌要換一下了，〈新不了情〉好了。心若倦了……」

「閉嘴。」我說，四個音，沒有一個是準的。

他馬上停止，一秒後繼續開口唱大悲咒。

「我想去曬太陽。」我說。

「不會吧，我說笑的。」他一副不想出去的樣子。

我直勾勾地看著他。

他嘆了一口氣，「妳自己走喔！妳那麼重，我才不要背妳下去。」

我仍直勾勾地看著他。

他嘆了一口氣，蹲在我床前，我在他背後勝利地微笑，然後掀開棉被爬了上去。其實我可以自己走，但我今天就是很想任性。

「我上輩子是欠了妳什麼？妳這樣對我，妳都不會不好意思嗎？妳媽媽知道妳這樣欺負我嗎？妳整人系的嗎？妳夭壽系的嗎？妳好重，妳知道嗎？呼……呼……呼……」他邊下樓邊喘吁吁地唸著。

但只有這時候，我才能真正放鬆。我閉上眼睛，聽著紀東炫的聲音，突然覺得好想睡……

「朱立湘，妳敢睡著，我要跟妳絕交一、輩、子！」

姊是欠唸系的。

第十章

所謂的我愛你，是從我懂得怎麼去愛一個人開始。

「還要氣多久？」我打了個哈欠，抬頭看著正站在我面前，猛槌肩膀甩動手臂，還不時瞪著我的紀東炫。

「妳怎麼可以這樣睡著？有經過我同意？有想過我心情？還睡了二十分鐘，再多睡一分鐘，我真的就放手，讓妳自生自滅。」他用食指不停地指控我。

「你不會。」我說。

他愣了一下，收回食指，「我會。」說得很沒氣勢，「反正妳不要忘了，我要跟妳絕交一輩子。」

我笑了笑，「滿浪漫的。」

一輩子，其實沒有這種東西。

一直很喜歡對面這個小公園，從我的房間裡，總是可以看到很多人在這裡休息曬太陽補充體力，這卻是我第一次來這裡。

我抬起頭，早上的陽光雖然很大很刺眼，但暖暖的很舒服。我突然想到了紀東炫，我轉過頭看他，他就跟太陽一樣。

「幹嘛這樣看我？」他問。

「謝謝你。」我說真的。

但他一臉驚慌，馬上退後一大步，對我緊張地說：「妳又想幹嘛？妳這表情是什麼意思？好好解釋一下。等等妳自己走上去，我是不會背妳的，我不是妹妹，妳不是洋娃娃，要看花自己去……」

「如果你的朋友，突然之間不是你記憶中的樣子，你會怎樣？好，我知道你會說不會怎樣。」我只是想問，雖然答案都一樣。

他一臉我道行不夠深的表情，語重心長地蹲在我面前說：「本來就不會怎樣啊！每個人都有權利選擇他想要成為的樣子，妳也有啊！妳覺得別人變得不是妳想的樣子，但妳就有成為別人想要的樣子嗎？」

他看著我，搖了搖頭，「就說妳人生歷練還在幼稚園，別人想要變成怎樣，是他的事，重點是妳，妳想要變成怎樣？」

我想要變成怎樣？其實我不知道，但我可以確定的是，絕對不是現在這樣。

「是不是聽不懂？是不是太深？就叫妳多讀點書了。反正，妳不要讓別人影響妳，也不要去影響別人。不是妳想的樣子又怎樣？他的樣子決定他的人生，妳自己陰都卡不完了，管別人那麼多幹嘛！」他繼續唸著。

「我只是不能接受。」我說。

「朱大小姐，我每天都不能接受妳欺負我啊，但妳還不是每天欺負我，一個願打一個願捱啊。」

「所以你願捱？」

「妳不要放錯重點好不好？我的意思是說，不能接受那就不要接受，不是說過了不要勉強自己嗎？勉強自己永遠都不會有好結果的，還說妳懂……」他站起身，做著伸展運動。

「紀東炫，你怎麼在這裡？」樂晴的聲音從後頭傳了過來。

我轉過頭去，看著依依的車停在家門口。她們三個同時下車，還有……智維，我驚訝地看著他，他表情凝重地朝我走過來。

就像看到親人一樣，他每朝我走近一步，我的眼眶就越濕潤。智維坐到我旁邊，展開雙手。我緊緊地抱住他，眼淚流了下來，紀東炫悄悄走到一旁，和依依她們一起。

智維嘆著氣，拍拍我的背。幸好還有他，幸好他仍是我想的，那個讓我心裡踏實的智維。

他輕輕放開我，沉重地對我說：「我都知道了。」

我沒有說什麼。

「我知道瑩瑩是變了一些，我也知道她喜歡學長，但我以為學長和妳在一起之後她會死心，我真的沒有想到她居然這樣對妳。還有學長，我見過幾次，根本看不出來他和瑩瑩有什麼。」我在智維的臉上看到了我昨天的表情。

就是不敢相信。

講到一半，他又抱住了我，「天啊，老天爺為什麼要這樣折磨妳？妳都好不容易走到這裡，我還以為學長會給妳幸福，這到底都是些什麼事啊？」

這次換我拍著他的背，安慰他。

「算了。」我說。

我要把他們逐出我的生活，就如瑩瑩所願，不要再出現，我會乖乖在家，哪裡都不去。

智維又狠狠地嘆了口氣。

我用力拍了一下他的背，「不要再嘆氣了，至少我還有你，至少你對我的友情是真的，沒讓我白過高中那年，這就夠了。」

智維一臉同情地看著我。

我轉過頭，看著前方的小孩盪著鞦韆。倒楣的人，最容易讓人同情。活了三十歲，我幾乎倒楣了一半的歲月。

如果有人問我，這幾年，妳都在幹嘛？

我會說：「我都在倒楣。」

「記不記得高中的時候，妳最喜歡盪鞦韆，叫我推得很用力，卻又要一直哇哇叫。」智維突然說著。

我點了點頭，「就是愛刺激又怕死。」

我們對看，笑了笑。

智維突然說：「這十幾年來，妳好嗎？」

「我很好啊，上次不是問過了。」這麼快就要吃銀杏了嗎？

「不是，我是說那件事，上次宜璇也在，所以我不敢問。但我還是很擔心妳，不知道妳走出來了沒有，還是繼續為了那件事在痛苦？」智維小心翼翼問著。

我轉過頭看他，「很不好，但努力變好中。」我不想隱瞞他，紀東炫說痛就是要叫，我現在超痛，然後我朝著前面大叫了一聲。

全公園裡的人都被我嚇到了。

但叫完之後，我覺得爽。

「妳嚇我一跳。」智維緊張地看著我說，我對他笑了笑。

「其實我一直很想知道一件事。」他問。

「什麼事？」

他支支吾吾，要說不說的，「可是我怕談到那件事，會讓妳崩潰。」

「剛不都在說了。」我笑著回答。

「妳到底為什麼要去垃圾回收場？那天校慶都結束了，人都快走了光了，妳沒事去那裡幹嘛？如果妳沒去，那件事就不會發生，或許一切都會不一樣了……」

「等一下。」我打斷了智維。

我抬起頭看他，「不是你在找我嗎？瑩瑩告訴我，你在那裡，需要我過去幫忙。」

「怎麼可能，我那天被教官徵召去教官室幫忙，妳又不是不知道。我幹嘛去垃圾回收場啊？」智維一副我腦子糊塗了似地看著我。

但我怎麼可能糊塗，對我來說拚了命想忘卻忘不掉，常常在腦海上演的事，我怎麼可能糊塗？

如果智維沒有找我，那就是瑩瑩騙我。

我站起身，往依依的車子跑去。她們三個人和紀東炫都在那裡，智維被我的舉動也嚇了一跳，趕緊跟上我。

我快步跑到依依面前，「載我去找蘇瑩瑩。」

「幹嘛去找那個瘋婆子？」依依不解。

「快！現在。」我急促地催她，她發現事情有點不對勁，馬上上車發動引擎，按下窗戶，對著樂晴和明怡說：「妳們先在家。」接著對紀東炫說：「上車。」

於是，我快速地坐上副駕駛座，紀東炫和智維在後座，依依用最快的速度，把我送到自由設計。一下車，我就往大樓跑去，他們三個人跟在我後頭。我心急地按著電梯，但總覺得速度太慢。

我乾脆直接走進逃生門，爬了五層樓到門口。我用力推開門，不管櫃枱人員說什麼，我都沒有聽到，我現在只想找到蘇瑩瑩。

耀然學長看到我來，又驚又喜地朝我走來。他還沒開口，我就對他說：「走開，離我遠一點。」

我從落地窗看到蘇瑩瑩的身影就在會議室裡，正和其他員工拿著資料在討論。

我用力推開會議室的門。蘇瑩瑩抬頭看到是我，還來不及反應，已經被我呼了一巴掌，聲音之響，全部的員工的視線都落在我們身上。

她怒瞪著我，還想開口時，我又甩了她第二個巴掌。

她丟下手上的資料，和我打了起來。有一瞬間，我真的想打死她，用我的雙手打死她。但理智一秒回來，我不想為了她，連我的下半生都賠掉。扭打的時候，我聽到學長制止的聲音。

但依依下令智維和紀東炫擋住學長，「讓立湘打。」

「好了，這裡是辦公室，是我的地方，不准在這裡打架。」聽到學長的聲音，我火氣更大，用力抓著瑩瑩的頭髮猛扯，她痛得大叫著。

「叫什麼叫？妳有我這十幾年過得痛嗎？妳為什麼要騙我去垃圾回收場？為什麼！為什麼！為什麼！」我每說一句為什麼，就讓她的頭髮多掉幾根。

她痛著大叫回應，「啊！放手，因為我不想要妳跟學長告白！」

我停下拉她頭髮的手，再給她一巴掌。

「就因為這樣，妳害我被關在廢棄教室，當初妳明明是鼓勵我的，不是嗎？妳再怎麼討厭我，不要跟我當朋友就好了，為什麼要這樣對我？妳是不是有病？」

被我壓在下面的她，對著我怒吼，「對，我有病，我無時無刻都希望妳消失，我都希望妳去死，妳不在了，大家的眼光，就會在我身上！」

我放開了瑩瑩，站起身，努力順著自己的呼吸。依依走到我旁邊來，拍著我的背。紀東炫說得對，平安符要給她戴，她才卡到陰，她才有病，真正要看心理醫生的人是她。

她摸著頭髮，哭著站起身。

學長推開紀東炫和智維，走到瑩瑩面前，「妳再說一次！為什麼妳告訴我，立湘愛的人是智維？」

智維一臉不知所措，「我？」

「蘇瑩瑩，妳到底說了多少謊？」我瞪著她。

她擦掉淚水，換上一張不屑的臉，冷笑了一聲，「我說了多少謊？妳就都沒有說過謊？說下學期要讓我當班長，結果妳自己當了，說要推薦我參加比賽，結果妳自己去了，說希望我也幸福，但妳都只想著自己的幸福。」

「妳不要這樣誤會立湘，她都在幫妳……」智維想要幫我說話。

「算了，智維，沒什麼好說的了。」我看著瑩瑩，無法再說下去。

「是沒有什麼好說的了，但事情都爆發了，那不如就好好結束。」瑩瑩看著我笑，然後笑出聲，我聽著她瘋狂的笑聲，突然全身汗毛都立了起來，我覺得她真的很可怕。

瑩瑩看著我，繼續說：「是我把妳騙到回收場的，也是我把妳推進去廢棄教室關起來的，但侵犯妳的人，是他。」

瑩瑩伸手指著耀然學長。

全部的人都在同時倒抽了一口冷氣。

我不相信，根本不可能，救我的人就是學長。我冷冷地對瑩瑩說：「妳不要再想辦法報復我了。」

「我何必這麼做？妳和強暴妳的人在一起，妳已經在幫我報復妳自己了，哈哈哈。」瑩瑩邊說邊靠近我的臉，最後一句讓我幾乎要跪了下去。紀東炫及時拉住我，我強迫自己好好站著。

學長走到我面前，急著要解釋，「立湘，妳聽我說……」

「那天晚上進來的人是你嗎？」我顫抖地說。

「立湘，不是這樣的……」

「那天晚上進來的人是你嗎？」我對他怒吼。

我多想聽到他說不是，但耀然學長只看著我，緩緩地點頭默認，然後我就昏倒了。

在我眼睛闔上之前，我看到紀東炫狠狠揍了耀然學長一拳。

我不想醒來。

每當自己就要醒來時，我就叫自己不要醒來。因為我不想面對這一切，被強暴已經夠慘了，還是被自己喜歡的人強暴。這邏輯對嗎？這件事難道不是今年度最好笑的笑話嗎？

我閉著眼睛，聽到大家輪流的喊我名字，聽到醫生說我身體狀況穩定，聽到我哥吼著學長要他出去，聽到大悲咒還有心經，還聽到各種聲音。

我是醒了，但我不想張開眼。

「都第三天了，醫生，你確定她沒事嗎？」依依問著醫生。

「確定，你們就不要太擔心了。」

醫生離開後，樂晴生氣地抱怨著，「每次都叫我不要擔心，她沒醒來我就是會擔心啊！」

「搞不好她早就醒來了，只是不想睜開眼睛而已。」紀東炫的聲音就在我的耳旁，他很懂我的小把戲。

然後我感到臉頰疼痛。

「紀東炫！你想死嗎？敢捏立湘？」樂晴吼著紀東炫。

我在心裡緩緩記下一筆。

聽著病房裡人來人往，樂晴明天早上有大量訂單，只好先回去，明怡上大夜班也走了，依依要回家趕老闆要的資料，晚上留下來陪我的是哥哥。

很快的，我聽到了哥哥的打呼聲。

於是，我緩緩睜開眼睛，眨了好幾下才適應光線。我看到哥哥憔悴地躺在長椅上睡覺，他那麼大一隻委屈自己縮在那裡，我下了床幫他拉好身上的被子。

站了很久，腿才適應身體的重量。我拔掉身上所有針管，緩緩走出病房，我想去一個只有我自己的地方。

走著走著，我到了醫院頂樓。

站在頂樓，我望了一眼天空，連星星都沒有，的確只有我自己。

想著這一切發生在我身上的事，我忍不住笑了出來，因為太過荒唐，好想知道，這個世界上，還有比我的人生更扯的事嗎？

「要跳嗎？」紀東炫的聲音在我身旁響起，我已經不驚訝。

「你自己跳。」我說。

「那妳在這裡幹嘛？」他問。

「吹風。」我說。

然後他沒有回答，就這樣一直站在我旁邊，陪我看著沒有星星的夜空。

過了很久，他才突然出聲，「為什麼妳都沒問我，被重要的人背叛了會怎樣？」

「不會怎樣。」我沒有力氣地說。

「錯。」他大聲地說。

我轉過頭去，他突然一臉很真誠地對我說：「是原諒他。」

「我不想。」我說。

我的人生被他們搞成這樣，我原諒他們，誰來原諒我給大家造成的負擔？躺在床上的時候，我有好幾次想衝出去跟他們拚個輸贏，反正再慘不過也就現在這樣子。

越想越不甘心。

「妳知道妳現在為什麼會站在這裡吹風嗎？」他問我。

我搖了搖頭。

「因為妳在折磨妳自己。」

我看著他，想要開口的時候，他沒讓我有說話的機會，馬上對我說：「不要跟我說妳沒有，妳一天不原諒，就是多一天折磨自己。妳就會生氣、妳就會難過、妳就會痛苦，妳只要想到他們，就覺得自己可憐。」

對！沒錯，我一想到他們，就憤怒、就痛苦。

「但如果妳原諒他們，妳就不會生氣、妳就不會難過、妳就不會痛苦，妳就不會一想到他們就覺得自己可憐。妳會覺得自己很棒，值得買一份肯德基外帶全家餐犒賞自己。」

「可是妳不要的話，就是只能繼續在這裡吹風，妳有考慮到我想吃肯德基的心情嗎？

妳沒有，因為妳只想到妳自己。」他邊說邊斜眼看我。

「我現在要把你推下去，請你原諒我。」我冷冷地說。

「我可以原諒妳，但我做鬼也不會放過妳。」他認真地回話。

我笑了出來，我知道他要說什麼，但我不知道自己能不能這麼寬宏大量。想到他們的行為我就好氣，想到自己過著這樣的日子，我也好氣。我這麼氣。到底要怎麼原諒？

「很冷耶，我們去吃肯德基啦！」他抖著身體對我說。

「我不要。」

「好，那可以回去了沒，妳哥現在應該瘋狂地在各大護理站哭著找妹妹，妳要不要回去救他？」

我點了點頭，他跳下天台。

我看著下面的車流，一陣頭暈目眩，剛剛站上來還不覺得可怕，現在有點腿軟，我看著紀東炫……

「妳那是什麼表情？妳給我解釋一下？最好不是我想的那樣喔！」他馬上慌張地說。

我點點頭，就是他想的那樣。

「妳真的很過分耶，怎麼可以這樣對我，我上輩子是欠了妳多少？妳不覺得自己對不起我嗎？我是妳保姆還是看護？妳有付我薪水嗎？妳都不會不好意思嗎？妳都不覺得自己虧……」

「過來。」我說。

他邊碎唸邊站到我面前，「轉過去，蹲下。」我說。

他照做，嘴裡繼續唸，「妳不要太得寸進尺喔！要不是看在妳心情不好的分上，我就叫妳自己滾下去了。」

我爬上他的背，往他的腰間肉捏了下去。他大叫一聲，「朱立湘，妳知道忘恩負義四個字怎麼寫嗎？妳上過國文課嗎？妳知不知道很痛？」

「誰叫你捏我臉。」

「我就說吧！妳早就醒來了，妳喉嚨一張開，我就看到妳的胃。」

「長怎樣？」我問。

「像胃。」他說，我笑了。

紀東炫的背很溫暖，他的體溫對我來說很剛好，他的速度有催眠的節奏，「幹嘛不講話了？」他問著。

因為我想睡了。

紀東炫暴躁地吼著，「朱立湘，妳不會要睡了吧？妳再睡一次，我真的要跟妳絕交八萬年。快點，伸手幫我開一下門，朱立湘？朱立湘？」

朱立湘睡著了。

但我這次有醒來。

每次和紀東炫說完話，都會讓我平靜不少。接下來我有點想設計一款廢話對講器，一定會大賣。我從來都不知道廢話可以讓人平靜，甚至轉移注意力。

「今天好多了嗎？」哥哥走進病房，微笑地看著我問。

我點點頭。

「我今天還是沒有好多，我手還是好痛，肩膀還是好痠，我全身都不舒服，我全身都不對勁，我骨頭都移位了。」紀東炫坐在一旁的椅子上裝可憐。

「誇張。」我說。

他生氣地站起來對我說：「一點都不誇張，沒事跑到上面吹什麼風？害我被關在頂樓半個小時。我跟妳說，再多背一分鐘，我真的就直接把妳丟下樓。妳又不是不知道自己很重，睡了還叫不醒，還是妳根本就是醒著的？」

我看著他笑。

他開始暴衝，哥哥連忙過去安撫他。昨天晚上哥哥親眼目睹紀東炫是怎麼背著我，差點把手給廢了之後，他就對紀東炫非常好，噓寒問暖，兩個人一整天都聊個不停。

完全不知道他們兩個沒有交集的人，到底有什麼好聊的。

樂晴她們帶著晚餐出現，大家聊天吃著東西，她們很小心觀察我的情緒，想要確定我是不是強顏歡笑，我不是。

我睡醒後的第一件事，就是要原諒。

不過，是原諒我自己，原諒自己把過去的日子活得這麼悲慘，原諒我自己不會看人，但這是人生的經驗，原諒我自己，總是喜歡強迫我自己。

現在開始原諒我自己後，我要重新過日子，我要對我自己很好，我要好好呵護我自己，我要在乎自己的情緒，不要再讓自己做自己不喜歡的事。

「不要這樣看我，我沒事。」我看著她們說。

「她真的沒事，我才有事。」紀東炫又舉起他痠痛的手開始討拍。我伸出手，用力的拍掉他的手。他尖叫，我微笑。

「醫生怎麼說？」明怡指著他的手臂。

「輕微扭傷，還有肩……」紀東炫心疼地看著自己的手。

「你來幹嘛？」依依突然看著門口說。

大家的眼神都往門口的方向去，耀然學長一臉歉意地站在那裡。哥哥走到他面前，伸手就想要打他。

我看了一眼紀東炫，他馬上衝過去拉住我哥，然後再次尖叫，「喔喔！嘶——啊！

啊！啊！」可憐他的手，還要拉住我哥，沒記錯他有八十公斤。

「哥！」我出聲制止哥哥，他聽到我的聲音，停了下來。

「我上輩子是欠了你們姓朱的什麼？」紀東炫甩著手說。

耀然學長走進來對我說：「我有話想跟妳說。」

我看著原本意氣風發的他現在滿臉憔悴，那天在公司鬧成這樣，想必已經流了出去，蘇瑩瑩也不可能再待在公司。但我一點都不會可憐他們，這是他們說謊的下場。

「你們先出去。」我對大家說。

「立湘！」哥哥擔心地看著我。

但我朱立湘真的不再害怕了，沒有什麼可以再傷得了我，除了世界末日。但世界從未真的末日，那我還有什麼好怕？

「沒事的。」我說。

紀東炫看了我一眼，然後幫我把哥哥帶出去。

「我們都在外面。」依依對著我說，我點了點頭。

病房裡只剩下我和學長。我看著他，他心虛地別過臉，想到他對我說過的各種甜言蜜語，我就忍不住反胃。但我不會吐，我已經有勇氣面對自己曾經深愛過的人，即便這個人曾經侵犯過我。

「有什麼事快說。」

他深呼吸了一口氣，把視線再次放到我的臉上，然後對我說：「其實，那天什麼都沒有發生。」

太會說謊的下場，就是我分不清楚他到底是說真的還是說假的。

「我只想聽真話。」我冷冷地說。

學長開始說著，「我喜歡妳是真的，喜歡妳十五年是真的，瑩瑩一直告訴我妳喜歡智維，我相信她說的是真的，可是我難過也是真的、我憤怒也是真的。我那麼喜歡妳，妳卻不喜歡我，讓我很痛苦也是真的！」

「那天晚上我要從學校離開，教官要我去關回收場的門時，發現妳被關住，我以為我會成為妳的英雄，妳卻還是喊了智維的名字。我一時失去理智，我不能接受妳愛別人，所以我才會失控……」

我才不能接受，「你瘋了嗎？」我失望地說。

「對！我就是瘋了，我也不知道自己為什麼會這樣。後來妳暈過去，我嚇到了，就不敢再繼續，就這樣和妳一起待到了早上。原本想和妳坦誠，但季陽來了，我沒有機會，一切就變成這樣。」

我看著學長，無言以對。

「後來再次遇到妳，我真的很高興，這是老天爺給我能和妳在一起的機會。」他看著我，依然深情地說著。

「不，是要給你坦誠的機會，但你沒有。」我難過地說。

「立湘，對不起，我真的對不起妳，一切都是因為我太喜歡妳了，都是我的問題，都是我的錯……」他難過地說著。

「不是你的問題，難道是我的問題嗎？」

我現在好生氣，好生自己的氣。

到底為什麼要讓自己活在這個根本不存在的陰影裡？十幾年前的錯，我讓它繼續錯下去，讓自己這樣可憐兮兮下去。我拿別人的問題懲罰我自己，我真的是活該被紀東炫笑一輩子。

「你可以走了。」我真的很怕他再待上一分鐘，我就會把他給打死。

「立湘，妳不要這樣，請妳原諒我。」他看著我乞求著說。

「我原諒你。」因為他的錯不值得我再浪費一秒。難過、哭泣、悲傷……任何情緒都不值得。

他驚喜地看著我。

「我原諒你，但我不想再見到你，請你離開我的生活，我們各過各的日子。」我堅決地說。

「立湘，不能再給我一次機會嗎？」他苦苦哀求著。

「不行。」都笨了十五年，還要再笨下去嗎？

我以後死掉，真的要在朱家的列祖列宗面前跪很久。有我這麼蠢的子孫，他們一定很難過。

「立湘……」他不死心。

「你再叫一萬次的立湘都沒有用，一切到此為止。我原諒你對我做的一切，不管這個原諒會不會讓你比較好受，會不會讓你未來日子比較好過，對我都不重要。我原諒你，不是為了你，是為了我自己。」

因為我要去吃肯德基。

他眼神哀戚地看著我，我別過頭去，簡耀然，這個我傻傻喜歡十五年的人，在我的未來沒有任何意義。

我們就這樣僵持了一陣子，他才肯移動腳步離開。

回過頭看到他走出去的背影，我為我的人生鬆了好大一口氣。他一離開，大家就都衝了進來。

「他說了什麼？」哥哥這樣問。

我看著哥哥，「還需要問嗎？你們不是都在外面偷聽完了。」我掃過一眼他們的表情，每個人臉上只有心虛。他們是我最親的人，我怎麼會不知道他們的技倆。

「我要剪刀。」我對他們說。

樂晴緊張地看著我問，「妳要幹嘛？」

我沒說話，紀東炫閃了出去，又再閃了進來，把剪刀遞給我，然後被大家罵。我下了床走到洗手間，抓起自己珍惜的頭髮剪掉。哥哥想要衝進來制止我，被紀東炫擋下。

「你不要衝動，你妹剪個頭髮而已，激動什麼？而且自己剪多省，你看看你妹妹多麼勤儉持家。」紀東炫站在洗手間門口，看著我把長髮變短髮。

因為這個不存在的陰影，所有這些愛我的人都陪我活在這個陰影裡。我對不起他們，我是他們珍惜的人，但我沒有愛惜我自己，那我又有什麼資格留下我珍惜的頭髮？

我太蠢了，我需要接受懲罰。而我知道，他們永遠捨不得懲罰我，所以我自己處理。

朱立湘的人生，此時此刻重新開始。我看著鏡子裡短髮的自己，露出了滿意的微笑，而我也在鏡子裡看到紀東炫的臉，他也正對我笑，我們朝著彼此笑著。

由於哥哥堅持要我做完各種檢查才能出院，所以我在醫院整整待了七天，一回到家，我打開電腦開始處理各種工作事項。

吳經理來信，說新產品由他們公司全權處理，而聽說自由設計目前已確定轉賣給另一個公司，造成我的困擾，覺得很抱歉。文末不忘八掛，聽說 Leo 曾經對高中女生性騷擾，所以才把公司賣掉，而蘇瑩瑩好像搶人家老公，在公司被一個女人打的很慘。

那個女人是我，但我沒有老公，當然我沒有跟吳經理解釋這些。

我有一件事是感謝瑩瑩的，就是那天餐會，她沒有讓我上台，所以我才能像旁人一樣冷眼看著這一切。

都和我沒有關係了。

花了好幾天解決工作，我才結束閉關的日子。踏出房門時，只有紀東炫坐在外面。我嘆了口氣，「就說我沒事，不需要輪流顧我。」我現在吃好睡好，完全不怕黑，因為我給自己的心魔，已經被我自己消滅。

「誰要顧妳啊？妳真的很愛自作多情耶。我是來等吃飯的，都六點了，為什麼樂晴還沒有回來？她晚上不煮飯嗎？我餓死怎麼辦？很多人會為了小金城武傷心的……」誰自作多情？

我用力關上浴室的門，隔絕他的碎唸。

電話鈴聲響了，我在浴室裡對外頭大喊，「接電話。」

接下來聽到的是更大聲的，「什麼？趕不回來？什麼？自己解決？」

我洗完臉走出來，看到的就是紀東炫的苦瓜臉，「沒飯吃，我要回去了，心情不好，明明說晚上要吃羊肉爐的。妳自己解決，記得吃飯。」然後看著他哀怨的背影離去。

我笑了笑，走回房間，拿錢包出門。

在大門口遇到陳伯伯帶著大寶要去對面公園，我對陳伯伯點點頭，伸手捏了捏大寶肥軟的臉頰，笑著對他說：「越來越帥了。」然後往前走。

「阿公，啞吧阿姨不是啞吧耶。」大寶驚奇地說。

我笑了。走了十五分鐘，打包了一些食物回家，去敲紀東炫的門。他探頭出來，一臉要死不活的，我直接拉開門走了進去。

「妳又來了，我單身男子，黃金單身漢，妳這樣隨便進來我家，會讓我的行情變很低耶。」他唸著。

天啊！我有多想念他的碎唸。這幾天一直忙，只能在晚餐時簡短地說幾句話，聽到紀東炫的碎唸，我覺得未來充滿希望。

我笑著，舉起手上的袋子。

他開心地大吼，「是肯德基！」

老動作，拿桌子，搬椅子，把外帶全家餐放上去。紀東炫拿了塊炸雞開始啃著，「幹嘛突然買肯德基？」他邊吃邊問。

「因為我值得鼓勵啊！」我驕傲地說。

「哪裡？」他卻淡淡回應我。

「因為我每天都心情很好啊，而且我剛剛還趕完三個案子，還有我覺得我短髮好輕鬆好美。」我老實說。

他直接拿了塊炸雞塞到我嘴裡。

「小孩子好好吃東西，不可以亂說話，會被笑。」他正經地說。

我拿下口中的炸雞，狠狠打了他一下，「難道我有說錯嗎？你不覺得我短髮很好看嗎？你說啊！你說啊！」我越說越靠近他，我意識到的時候，我們兩個人面對面的距離只有一塊炸雞，我尷尬地坐好。

為什麼我剛剛覺得紀東炫有點帥？

他看著我，眼神也閃過一絲變化。

「快點跟我道歉，妳不知道妳的臉很影響食慾嗎？」他打圓場。

「我不要。」我開始吃著炸雞。

然後看著紀東炫，心裡是滿滿的感謝。

「欸妳這表情很奇怪喔！妳又想幹嘛了，老子是不會背妳的，這輩子絕對不會，妳給我好好解釋一下這眼神是什麼意思，妳不要再欺負我了喔！我現在跟妳哥很熟喔……」我聽著他的碎唸。

開始擔心著，如果有一天聽不到了怎麼辦。

「為什麼你要對我這麼好？」我真的很想知道答案。

當樂晴、依依、明怡，甚至是我那個難搞的哥哥，每個人都對他讚不絕口，他們都感謝他這麼照顧我，我也常常在想，為什麼他總是可以在我最無助的時候出現，然後讓我笑。

能讓我感覺輕鬆，能把我的悲傷化小，就好像我的專屬魔術師一樣，每次都把我變開心，變成另一個朱立湘。

他愣了一下。

「問這個幹嘛？」他低聲地問。

「很想知道啊！」

「不想說。」他說。

「快說。」我搶下他手中的炸雞。

「因為爽。」他大聲對我說。

「有什麼好爽的？被我吐很爽？背我很爽？衣服用來擦我眼淚很爽？」他才有被虐待狂。

「超爽。」他笑著說。

「神經。」我瞟了他一眼，怪人。

然後他看著我，突然問著我，「妳知道怎樣可以更爽嗎？」

我看著他，搖了搖頭。

他微微起身，朝我靠過來，在我還來不及閃躲時，吻上了我。紀東炫吻了我……

我沒有心跳加速，卻覺得好幸福。我沒有小鹿亂撞，卻覺得好快樂。紀東炫不是煙火，卻是我最溫暖的太陽。

我沒有閃躲，也回吻了他。

然後，我被已吻不回。

當我可以愛你，你卻不見了。

尾聲
所謂……之後

「立湘，比賽開始了。」大勇在客廳喊著。

我起身，用力關上房門，比賽干我屁事？回到工作桌前，我繼續做著客戶要的設計，耳朵卻忍不住注意外面的聲音。

「喔喔喔……啊！差一點，啊啊！好可惜。」大勇的聲音不太清楚，我受不了，只好起身，趴在房門上聽。

門突然被打開，依依看見我，偷笑了一下。我故作鎮定地走到外面，「口好渴，我要喝水。」然後往廚房走去。

依依在我身後說：「客廳有水果。」

「我不吃。」我倒了杯水，準備回房間。

「紀東炫有出賽耶。」依依繼續說著。

「喔。」我走進房間，關上門。

我是有眼不識泰山，誰曉得紀東炫是電競選手，還是在歐洲什麼S什麼隊的，拿過好幾次冠軍。我對電競產業不熟，也不想熟，大勇說他薪水超高，是我的好幾倍，也都跟我沒關係。

反正是我有眼不識他這個泰山。

我是打了我自己一巴掌，什麼打電動不能當飯吃，紀東炫吃得可香了。

他的一切都跟我沒有關係。

我想知道的只有一件事，為什麼在吻完我隔天就去歐洲比賽，沒有告訴任何人。過了一個星期，我才接到他的簡訊，說他很快就會再回台灣。但從他傳完訊息到現在，已經三個月了，我只能從賽程裡知道他還活著。

偶爾大勇會試著想告訴我紀東炫的近況，但我都叫大勇閉嘴。誰在乎他多有名？我只在乎他怎麼可以吻完我就不見。

我的嘴唇很難吃嗎？

想到火就來。我握手身上的平安符，播著心經聽著。

「耶，贏了！」大勇在客廳外大吼。

我也失控地跳了起來，然後一秒冷靜。干我屁事，我對自己說。

然後我繼續熬夜趕圖。最近工作量大增，我將近兩天沒有睡了。我現在沒有心情再去想已吻不回的事，雖然我已經想了三個月。

好不容易趕完一個案子，已經早上十點了。樂晴交代我要記得吃的早餐，我一口也沒有動，把圖稿 email 給客戶後，我就直接躺在床上，然後昏睡過去。在睡夢中我聽到了天花板傳來砰砰的聲響。

我試著想張開眼睛，但眼皮實在太沉重，反正是夢。

這一睡，我睡了一天一夜，整整二十四個小時。幸好樂晴她們知道我已經沒事了，要不然我現在應該不是在家，而是被她們送去醫院。

我洗了個舒服的澡，回到房間，想趁工作告一段落來整理一下房間。在我拖地的時候，我聽到了天花板傳來砰砰的聲音，然後想起了昨天晚上夢裡聽到的，難道不是夢？

難道是紀東炫回來了？

我忍不住笑自己，是有這麼想他嗎？當然不是，只是想問清楚而已，我一點都不想他，他怎麼可能回來。

笑完自己的同時，聲音又來了，我非常確定。

於是我丟下拖把，往樓上跑去，猛敲著門，期待紀東炫會來開門。但門是開了，出來的是房東劉先生。

「朱小姐，請問有事嗎？」

我搖搖頭，好奇地問，「沒什麼，只是聽到有聲音，擔心是壞人。」

劉先生笑了笑，「紀先生之前反應過浴室水管有問題，剛好我在台灣，過來看看。」

我失望地回到家。

「怎麼啦？一臉苦瓜臉。」剛從早餐店回來的樂晴問。

「沒有。」我說。

「立湘，妳可以幫我去超市買幾顆檸檬嗎？晚上要做泰式料理，結果我忘了買檸檬。」

我點了點頭，拿著錢包到前面的超市買東西。走在路上，想起剛剛自己的行為，心情有點低落，覺得自己的心情因為紀東炫起伏太大，討厭自己這麼想念他。

買完檸檬走回家的路上，我踢著路上的小石子，腦子裡想著的還是紀東炫。怎麼可以連一通電話都沒有？那個吻對他來說真的一點意義也沒有嗎？只有我在想念他而已嗎？

我生氣地用力踢了那個石子，結果距離沒有算好，我那隻拔過趾甲的腳拇趾，直直踢到柏油路。我痛得蹲到了地上，看著正流出血的腳趾，慶幸趾甲好好地在上面，只有上面一塊肉被踢掉了。

沒關係，只是一塊小鮮肉離開我，怎樣都比不上紀東炫離開我還不聞不問來得痛，我無視傷口，跛著腳踏出第一步時，突然一道碎唸聲，在我背後響起，「路不好好走，踢什麼石頭，妳有事嗎妳？卡到陰還沒有好？沒有我在妳身邊就不會走路了？」

我愣了一下，這聲音太像紀東炫，但我不敢回頭確認，害怕這只是我自己的幻聽，我不想面對失落，更不想承認我有多想見他。

於是我繼續往前走，碎唸的聲音又持續著，「妳真的很不愛惜妳的腳耶，為什麼每次都讓它受傷，這是妳的專長嗎？老是跟自己的腳過不去……」

越聽著這嘮叨聲，我就越害怕，越怕就走得越快，只能在心裡不停唸著阿彌陀佛，希望這幻覺快點散去，但他突然在我後頭大吼著，「朱立湘，妳給我站住。」

聽到自己的名字，我愣了一下，但我並沒有打算站住，如果我站住了，就表示我被幻覺操控。

想再繼續往前時，他又大吼了一聲，「朱立湘！妳有沒有想我？」

我輸了，因為這句話，我很沒有志氣地回頭，有個人就站在我面前。所以這不是我的幻聽，但他沒有鬍渣又唇紅齒白，我瞬間被澆了冷水，他不是紀東炫，他不是。

他走到我面前來，卻背對著我蹲著說，「上來。」

我覺得他有病，這個人跟紀東炫一樣都有病。

我沒有理他，繼續往前走，血卻越流越多，他突然一把把我抱起來，往家裡走。我試著掙脫，但他仍然緊緊抱著，然後越看著他的臉，我的眼淚開始在眼眶裡聚集。

他看著我一臉要哭的樣子，有點驚恐地說，「喂，妳不要哭喔！這跟我想的劇情不一樣耶。我以為妳看到我，會朝我飛奔過來，然後像電影劇情那樣用力地抱著我，然後這樣……親我。」他說完這句話後，往我唇上吻了一下。

我大哭了出來，那是紀東炫的眼神，但他為什麼長得不一樣了。

「你不是紀東炫，你沒有鬍渣，你不是紀東炫，他頭髮沒有這麼短，你不是紀東炫，你是小金城武……」我哭著說，我不敢相信他回來了，不敢相信眼前的人是他。

他馬上把我放下來，用他的衣服幫我擦眼淚，慌張地說：「對對對，我是小金城武，但我也是人見人愛紀東炫。拜託妳不要哭了，妳可以像一點正常女朋友會有的反應嗎？害我很沒有成就感耶。」

「你真的是紀東炫？」我擦掉眼淚，仍然哽咽地問著。到現在，我仍覺得是自己在做夢。

紀東炫笑著用力地點了點頭，然後他低頭的親了我的臉。我愣著看了他一眼，他再笑著親了我的額頭。我還是愣著，不停地看著他，他又笑著吻了我。

然後，我伸出手扯住他頭髮，咬了他的嘴唇。

他大叫。

我永遠都不會忘記他說過，誰欺負妳，妳就還手……

「完全沒有聯絡，現在還好意思親我？」我火大地說，然後還是沒有放手。

他痛得大叫，「朱立湘，我要跟妳絕交！賽程都還沒結束，大勇說我再不回來，妳就要把我給甩了，我趕快衝回來看妳，結果妳是這樣對我的嗎？妳有沒有良心，我那麼想妳，妳是這樣回報我的嗎……」

他沒有說完，我已經輕摟著他的脖子，低頭吻住他。有些話不用多說，它就在心裡，紀東炫接下來要說的，都在我心裡了。

「妳想我嗎？」他在我耳旁輕聲地繼續問。

「每天。」我誠實地對他說。

他很滿意地點頭，然後摸了摸我的頭後放開我，蹲到我面前。「上來，我背妳上去擦藥。」

我爬了上去，紀東炫專屬的味道充斥在我的鼻間，再加上他身上的溫度，還有他止不住的碎唸，讓明明睡了那麼久的我，眼皮又開始沉重起來。我緩緩閉上眼睛，享受這久違的安心。

「拜託妳下次可以好好走路嗎？連路是平的妳都會扭到了，還跟人家在那裡踢石頭，妳是嫌自己腳趾甲太健康嗎？一定要斷掉一兩片，妳心情才會好嗎？我跟妳說喔，喂，朱立湘，幹嘛都不回答我？喂，妳不會才短短兩分鐘就給我睡著了吧！朱立湘？朱立湘？我有好多話沒有跟妳說，不給我醒過來，我要跟妳絕交喔！」紀東炫又開始吼著。

但我不想醒來，我要一直賴在他的背上，這輩子都是……

【全文完】

・後記・

悲傷總會過去

這是個很沉重的故事。

但人生在某些時刻，它的的確確就是沉重。不過我想，重重的話，就輕輕說，卻仍得要去面對。

每個人都曾經因為創傷而有過陰影，談過一次戀愛受到太大傷害，就忘了怎麼去愛的，大有人在，因為別人給的期望和壓力，成了我們無法向前的阻礙，無法面對生活的人，也大有人在。

我們的現實生活，受傷和沒受傷，本來就是各佔百分之五十。愛了一個人，做了一個選擇，訂了一個夢想，都是一半一半的機率，只是我們該怎麼去看待受傷後的自己。

有個好友，因為從小被父親家暴，所以她害怕結婚，更害怕生小孩，擔心自己的小孩會跟她有一樣的處境。時間拖著，她轉眼已經四十二歲，交過幾任男友，從沒有對他們說過家暴的事，她覺得那很丟臉，是她最自卑的一部分，所以不能理解她不婚的另一半，到最後都無疾而終。

面對陰影，永遠是處理創傷的第一步。

我們總是得要先知道自己的心中有多黑暗，才能知道要怎麼找到一道光，怎麼把內心的角落打亮。講起來都很簡單，但實際上確實不容易。這是生活最大的課題，大部分能把日子過好的，都是很能自療的人。

你可以害怕，但你不能一直懦弱；你可以悲傷，但你不能一直流淚。

畢竟，要不要害怕、要不要悲傷，都是我們可以選的。

雪倫

國家圖書館出版品預行編目資料

所謂的你愛我 / 雪倫著. -- 初版. -- 臺北市：商周，城邦文化出版；家庭傳媒城邦分公司發行，民 105.5
面 ； 公分. --（網路小說；257）

ISBN 978-986-477-011-3（平裝）

857.7 105006224

所謂的你愛我

作　　者／雪倫
企畫選書人／楊如玉、陳思帆
責任編輯／陳思帆

版　　權／翁靜如
行銷業務／李衍逸、黃崇華
總 編 輯／楊如玉
總 經 理／彭之琬
發 行 人／何飛鵬
法律顧問／台英國際商務法律事務所　羅明通律師
出　　版／商周出版
台北市中山區民生東路二段 141 號 9 樓
電話：(02) 2500-7008　傳真：(02) 25007759
Blog：http://bwp25007008.pixnet.net/blog
Email：bwp.service@cite.com.tw
發　　行／英屬蓋曼群島商家庭傳媒股份有限公司城邦分公司
聯絡地址：台北市中山區民生東路二段 141 號 11 樓
書虫客服服務專線：(02) 25007718・(02) 25007719
24小時傳真服務：(02) 25001990・(02) 25001991
服務時間：週一至週五09:30-12:00・13:30-17:00
郵撥帳號：19863813　戶名：書虫股份有限公司
讀者服務信箱 Email：service@readingclub.com.tw
城邦讀書花園網址：www.cite.com.tw
香港發行所／城邦（香港）出版集團有限公司
地址：香港灣仔駱克道 193 號東超商業中心 1 樓
Email：hkcite@biznetvigator.com
電話：(852)25086231　傳真：(852) 25789337
馬新發行所／城邦（馬新）出版集團【Cité(M)Sdn. Bhd.】
41, Jalan Radin Anum, Bandar Baru Sri Petaling,
57000 Kuala Lumpur, Malaysia.
電話：(603) 90578822　傳真：(603) 90576622

封面設計／黃聖文
版型設計／鍾瑩芳
排　　版／游淑萍
印　　刷／高典印刷有限公司
經 銷 商／聯合發行股份有限公司
電話：(02) 29178022　傳真：(02) 29110053
地址：新北市231新店區寶橋路235巷6弄6號2樓

■ 2016 年（民 105）4月28日初版
■ 2017 年（民 106）12月28日初版5刷
Printed in Taiwan

定價 / 220元

ISBN　978-986-477-011-3

城邦讀書花園
www.cite.com.tw

廣　告　回　函
北區郵政管理登記證
台北廣字第000791號
郵資已付，免貼郵票

104台北市民生東路二段 141 號 2 樓

英屬蓋曼群島商家庭傳媒股份有限公司　城邦分公司

請沿虛線對摺，謝謝！

書號: BX 4257	書名: 所謂的你愛我	編碼:

請於此處用膠水黏貼

商周出版

讀者回函卡

謝謝您購買我們出版的書籍！請費心填寫此回函卡，我們將不定期寄上城邦集團最新的出版訊息。

姓名：＿＿＿＿＿＿＿＿＿＿＿＿　性別：□男　□女

生日：西元＿＿＿＿＿＿年＿＿＿＿＿＿月＿＿＿＿＿＿日

地址：＿＿＿＿＿＿＿＿＿＿＿＿＿＿＿＿＿＿

聯絡電話：＿＿＿＿＿＿＿＿＿＿＿　傳真：＿＿＿＿＿＿＿＿＿＿＿

E-mail：＿＿＿＿＿＿＿＿＿＿＿＿＿＿＿＿＿＿

學歷：□1.小學　□2.國中　□3.高中　□4.大專　□5.研究所以上

職業：□1.學生　□2.軍公教　□3.服務　□4.金融　□5.製造　□6.資訊

□7.傳播　□8.自由業　□9.農漁牧　□10.家管　□11.退休

□12.其他＿＿＿＿＿＿＿＿＿＿＿＿＿＿＿＿

您從何種方式得知本書消息？

□1.書店　□2.網路　□3.報紙　□4.雜誌　□5.廣播　□6.電視

□7.親友推薦　□8.其他＿＿＿＿＿＿＿＿＿＿＿＿＿＿＿＿

您通常以何種方式購書？

□1.書店　□2.網路　□3.傳真訂購　□4.郵局劃撥　□5.其他＿＿＿＿＿

您喜歡閱讀哪些類別的書籍？

□1.財經商業　□2.自然科學　□3.歷史　□4.法律　□5.文學

□6.休閒旅遊　□7.小說　□8.人物傳記　□9.生活、勵志　□10.其他

對我們的建議：＿＿＿＿＿＿＿＿＿＿＿＿＿＿＿＿＿＿

＿＿＿＿＿＿＿＿＿＿＿＿＿＿＿＿＿＿

＿＿＿＿＿＿＿＿＿＿＿＿＿＿＿＿＿＿

＿＿＿＿＿＿＿＿＿＿＿＿＿＿＿＿＿＿

＿＿＿＿＿＿＿＿＿＿＿＿＿＿＿＿＿＿

【為提供訂購、行銷、客戶管理或其他合於營業登記項目或章程所定業務之目的，城邦出版人集團（即英屬蓋曼群島商家庭傳媒（股）公司城邦分公司、城邦文化事業（股）公司），於本集團之營運期間及地區內，將以電郵、傳真、電話、簡訊、郵寄或其他公告方式利用您提供之資料（資料類別：C001、C002、C003、C011等）。利用對象除本集團外，亦可能包括相關服務的協力機構。如您有依個資法第三條或其他需服務之處，得致電本公司客服中心電話(02)25007718請求協助。相關資料如為非必要項目，不提供亦不影響您的權益。

1. C001辨識個人者：如消費者之姓名、地址、電話、電子郵件等資訊。
2. C002辨識財務者：如信用卡或轉帳帳戶資訊。
3. C003政府資料中之辨識者：如身分證字號或護照號碼（外國人）。
4. C011個人描述：如性別、國籍、出生年月日。

請於此處用膠水黏貼